Van Esther Gerritsen verschenen ook bij De Geus

Bevoorrecht bewustzijn

Tussen Een Persoon

Toneel

Normale dagen

De kleine miezerige god

Superduif

Jij hebt iets leuks over je

Dorst

Ik ben vaak heel kort dom

Roxy

Broer (Boekenweekgeschenk 2016)

Veilig leren lezen

De trooster

MIX
Papier van verantwoorde herkomst
FSC® C004472

Esther Gerritsen

De terugkeer

DE GEUS

Omslagontwerp Anneke Germers
ISBN 978 90 445 4252 3
NUR 301

There Ain't No Grave Gonna Hold My Body Down
– Brother Claude Ely

Op een hete zomerdag, eenentwintig jaar geleden, kroop de vader van Max, drieënzestig jaar oud, in zijn onderbroek naar de koelkast. Gerrit moest vijf meter overbruggen van de bank in de woonkamer waarop hij had gelegen naar de open keuken toe. Hij bewoog niet graag.

Zijn lichaam trok hem naar beneden, het leek een wil te hebben en die wil was tegen hem gericht.

Hij had gemerkt hoe zijn mond steeds droger werd en zich geërgerd, als aan een kwaal waar niets aan te doen is. Pas later kwam de gedachte aan dorst in hem op. Een simpele behoefte die hij had genegeerd totdat de dorst te groot werd.

Hij had zich op zijn buik gedraaid, van de bank laten glijden en was op zijn knieën op de grond terechtgekomen. Kruipend over de grenen houten vloer hoorde hij niet dat zijn zoon Max de trap af rende.

Max was negen jaar oud, maar niet zijn jongste kind. Vijf jaar na Max was Gerrit op zijn negenenvijftigste nog eens vader geworden van een meisje. Zijn veel jongere vrouw had gehoopt dat zij en de kinderen hem jeugdig zouden houden, alsof zijn leeftijd de enige uitdaging was. Hij had haar wel over zijn verleden verteld en zijn eerdere depressies, maar dat lag achter hen, zij waren de toekomst. Ze geloofde dat hun liefde de grootste droefenis buiten de deur kon houden. Het leven zou immers alleen maar beter worden. Die depressies hadden hun oorsprong. Ze kende de aanleidingen van toen … het gemis … de afwijzingen … de vader, de moeder … de vrouw die niet – en een die juist wel … Oorzaken. Oorzaken die met haar aanwezigheid zouden verdwijnen. Dan was er geen haak meer waaraan die treurnis houvast kon vinden.

Max rende naar beneden omdat het plakband op was. Hij was bezig foto's aan de muur te hangen van zijn favoriete voetballers. Vlug plakband pakken en de trap weer op. Maar op de drempel naar de woonkeuken werd hij getroffen door het beeld van zijn vader, kruipend in zijn onderbroek. Eerst was er de schrik die hem stil deed staan en daarna de drang om toe te schieten, hulp te bieden. Tot hij zijn moeder zag.

Johanna zat kaarsrecht aan de keukentafel. Voor haar lag het werk van haar studenten dat ze moest corrigeren, maar haar blik was op haar man gericht.

De schaamte die Gerrit voelde om zijn toestand had hem ervan weerhouden zijn vrouw om iets te drinken te vragen. Hij verdroeg het niet om steeds weer hulp te moeten krijgen en wilde laten zien dat hij iets probeerde. Dat begreep Johanna. Maar deze zielige vertoning belastte haar meer dan de vraag om een glas water had kunnen doen.

Johanna's woede was even groot als verboden, want vertelde zij tegenwoordig niet zelf op verjaardagsfeestjes dat depressie een ziekte was, die een mens overkwam?

Zijn vader noch zijn moeder merkte de jongen op, die toekeek hoe zijn vader voortkroop en zijn moeder bewegingloos bleef zitten.

Hij voelde heel goed dat hulp aan zijn vader een commentaar op zijn moeder zou zijn. Dat zij alsnog zou moeten toeschieten, het overnemen, het pijnlijke van de hele situatie snel ontkennen, goedmaken. Dan zou Max niet zien wat hij nu zag.

Het was niet de tragische man naar wie zijn aandacht werd getrokken, maar de kille vrouw, met een blik die Max niet van zijn moeder kende. Hij betrapte haar op iets wat zij hem nooit had willen laten zien. Hij durfde niet te bewegen.

Dat zijn vader er zo erg aan toe was, wilden zijn ouders voor hem en zijn zusje Jennie het liefst verbergen, maar het kon de kinderen moeilijk ontgaan dat er steeds minder dagen waren waarop hun vader opstond, laat staan dat hij zich aankleedde. Elke beweging kostte hem moeite, zelfs glimlachen deed hem pijn. Als Max hem probeerde op te vrolijken, voelde hij zich bijna bezwaard dat hij hem tot die glimlach verplichtte.

Hun moeder was De Moeder; zij verzorgde hen, de kinderen evengoed als haar man. Zij gaf antwoorden op alle vragen, verklaarde en suste. Zij kon alles hebben. Als je kwaad werd, werd je kwaad op haar, zij kon ertegen. Als je wilde klagen, deed je dat bij haar, zij kon het aan. Altijd bleef ze zachtaardig. Max was te jong om te beseffen dat dat onmogelijk het hele verhaal kon zijn.

Die ochtend, toen zij niet wist dat Max naar haar keek, drong het pas tot hem door dat zijn moeder dit helemaal niet verdroeg. Haar blik op zijn vader ging van kil naar afgrijzen.

'Sta op,' zei ze, 'het kost minder moeite als je gewoon loopt.'

Zacht zei zijn vader: 'Dat kan ik niet.'

'Je kunt het me gewoon vragen als je iets wilt hebben.'

'Ik doe het zelf.'

'Sta op.'

Hij kroop en fluisterde: 'Ik pak sinaasappelsap.'

'Je moet iets eten, dan voel je je beter.'

'Ik kan niet eten.'

'Dat kun je wel, maar je doet het niet.' Johanna accepteerde niet dat er geen keus zou zijn, ze moest zich verzetten tegen deze ellende, desnoods ontkennen.

Nu gleed de blik van Max naar zijn vader, die zich bij de koelkast had opgericht, voor de open deur stond en uit een pak sinaasappelsap dronk. Zijn moeder zei niet dat 'we niet uit een pak drinken', zoals ze tegen hem zou zeggen. De regels golden niet voor zijn vader. Het pak leek zwaar, zijn vader trilde en het pak gleed uit zijn handen, zijn knieën knikten en hij viel. Max schrok. Aan zijn moeder was niets te merken. Geen beweging, geen geluid.

Zijn vader huilde, liggend in een plas sinaasappelsap. Max had medelijden moeten hebben met zijn vader, maar hij voelde het niet. Er verschoof iets wat je niet meer kunt terugschuiven, als in een tiewrap. Ook hij verdroeg die man niet, daar halfnaakt liggend, huilend in het vruchtensap. Hij had te doen met zijn moeder. Haar blik werd de zijne. Haar houding zei: *Je mag dit haten. Je mag hém haten, verafschuwen.*

Zijn vader stopte met huilen. Het was stil. Max kon het sap ruiken. Hij werd misselijk, keerde zijn ogen af van zijn vader. Zijn moeder deed hetzelfde. Ze boog zich over haar werk, ging verder met waar ze mee bezig was.

Het was de eerste keer dat Max de pijn van zijn vader zag als iets wat je niet hoefde mee te voelen.

Geruisloos draaide hij zich om en liep op zijn sokken de gang door, de trap naar boven voorbij, naar de achterdeur toe. Hij hoorde zijn vader kermen. Ook dat nog. Hij wilde niet terug dit huis in. De zwarte klompen waarop zijn moeder in de tuin werkte stonden in de hal.

Op de te grote klompen liep hij de straat uit, langs het huis van de familie Kersten, waar zijn zusje speelde, naar de rivier. Zo jong als Jennie was, vond ze steeds manieren om uit huis te zijn. Haar vriendinnetjes kwamen nooit bij hen, zij was altijd daar.

Op de bank aan de oever, waar hij vaker zat, stelde Max zich zijn volwassen leven voor. Hij was op een bepaalde manier gelukkig, vanwege de zekerheid dat die volwassenheid vanzelf zou komen. Hij glimlachte om het huis en de ouders die hij was ontvlucht, want dit was zijn leven niet. Zijn leven moest nog beginnen.

Max is dertig. Hij heeft een huis, een vrouw en een kind. Hun huis is niet groot, maar het is er licht. Het lijkt in niets op het huis van vroeger. Max werkt als hovenier, alle dagen van het jaar buiten. Hij heeft nu al meer daglicht gezien dan zijn vader in zijn hele leven.

'Mag dat gordijn dicht?' Alleen als Max die zin oproept,

kan hij zijn vaders stem weer horen.

Als hij thuiskomt van zijn werk, soms net voor, soms net na zijn vrouw, voelt hij zich elke dag weer gezegend dat dit zijn leven is, dat deze vrouw zijn vrouw is, dit kind zijn kind. Alles zou nu goed moeten zijn, want hij is precies daar gekomen waar hij wilde zijn.

Toch denkt Max steeds vaker aan die dag waarop hij als negenjarige aan het water zat, en zo graag wilde zijn waar hij nu is. Hij denkt aan de schepen die hem voorbijvoeren en hem vertelden dat er meer was dan dit, dat een rivier je ergens brengt zoals de tijd hem ergens brengen zou. Misschien was hij toen wel gelukkiger dan hij ooit had kunnen worden. In de zekerheid dat de tijd je vriend is.

Hij wil weer op die bank zitten, de schepen zien en weten dat het beter zal worden. Maar nu groeit de angst dat er alleen te verliezen valt en dat de tijd zijn vijand is geworden.

Max weet dat zijn moeder weer thuis zal komen. Frans, haar vriend die anders nooit van zich laat horen, belt al een week lang iedere dag. Omdat het zo niet langer gaat. Hij zoekt nog naar het voordeligste ticket.

De laatste zes maanden is Johanna niet meer in Nederland geweest en haar kinderen begonnen aan het idee te wennen dat mama nu echt bij Frans op Ibiza woonde. Maar nu het niet goed gaat met Johanna blijkt Ibiza alsnog niet haar thuis te zijn. Frans komt haar terugbrengen.

Gerrit was al zestien jaar dood toen Johanna Frans ontmoette. Jennie studeerde in Groningen en Max woonde nog steeds thuis. Max had graag eerder het huis uit willen gaan, maar dan was zijn moeder overgeleverd aan zijn onmogelijke zus. Toen zijn zus eenmaal het huis uit was, ging hij weer niet omdat zijn moeder helemaal alleen zou zijn. En toen kwam Frans.

Tot Max' verbazing had zijn moeder de man via een datingsite ontmoet. Hij wist niet dat zijn moeder op een datingsite zat. Natuurlijk had ze hem dat niet hoeven vertellen. Het was vooral de kinderlijke schrik dat mama verlangens had buiten het moederschap om.

Frans, een gepensioneerde orthodontist die graag en goed kookte, legde vanaf het begin beslag op haar tijd en nam haar geregeld mee naar zijn huis op Ibiza.

Johanna voelde zich aanvankelijk bezwaard dat ze zoveel van huis was, ver van haar kinderen, ook al waren die ruimschoots volwassen, maar zowel Max als Jennie stelde haar gerust; als zij daar gelukkig was, dan was het goed. En ook Frans redeneerde haar naar zich toe met weinig opzienbarende zinnen als: *Jij hebt recht op je eigen leven*, *Ook voor jouw kinderen is het beter als je ze loslaat* – et cetera. Persoonlijk genot werd de nieuwste plicht.

Max woonde daarna min of meer alleen in zijn ouderlijk huis. Het zoon-zijn was nauwelijks nog nodig. Dat had een opluchting kunnen zijn, als Max dat gevoel had toegestaan.

Op een sinterklaasavond – hij was zevenentwintig jaar oud – keek hij thuis een voetbalwedstrijd en probeerde niet te vloeken toen zijn moeder hem belde vanaf Ibiza. Ze was een jaar samen met Frans en al twee maanden niet meer thuis geweest.

Ze zei hem dat ze op het eiland bleef tot en met kerst, maar dat hij natuurlijk van harte welkom was: 'Je moet niet alleen zijn met die dagen.'

Het klonk alsof zijn moeder met hem te doen had. Dat klopte niet. Hij had altijd met háár te doen gehad. Op deze omkering was hij niet voorbereid.

Max kijkt naar zijn gevoelens als naar ongevraagd bezoek. Hij stalt ze op afgelegen plekken, spaart ze op, tot er te veel van zijn, en ze in de weg gaan staan en hij er wel wat mee moet.

Zo had hij in al die jaren waarin hij zich verantwoordelijk had gevoeld voor het geluk van zijn moeder, woede gestapeld. Omdat hij niet vrij was. Maar toen hij besefte dat zijn moeder hem helemaal niet meer nodig had, maakte dat hem ook weer woedend, en werd het tijd dat gevoel op te ruimen.

Hij keek naar de spullen van zijn ouders, het huis waarin niets was veranderd, en hij werd razend op elk afzonderlijk meubelstuk; de bank waarop zijn vader had gelegen, de beige lamellen die de zon op zoveel verschillende manieren konden tegenhouden, de zware glazen asbak van zijn vader die nooit meer werd gebruikt.

Hij liep door het huis als een ongedurig dier. Hij was te nuchter om spullen stuk te slaan, maar er moest iets gebeuren.

Hij was vrij, niemand had hem nodig hier, hij moest naar buiten. Hij dacht aan het meisje dat hij de dag ervoor bij de kwekerij had ontmoet en dat hem had verteld dat ze boven de kapper woonde.

De winterkou deed hem goed, zijn jas liet hij open. De razernij werd dadendrang.

Er brandde licht boven de kapsalon en hij belde aan bij eenhoog.

In de weken erna bleef Nora lachend herhalen: 'Wie doet zoiets nou?' en: 'Je begrijpt toch wel dat ik niet opendeed?' Ze had uit het raam gehangen en hem meteen herkend.

Hij riep: 'Ik heb je gisteren een vijgenboom verkocht, voor op je balkon.'

Zij riep terug: 'O ja', alsof ze het zich nu pas herinnerde.

'Ik vind je leuk, ik wou je nog 's zien.'

Haar hart begon sneller te kloppen uit angst en opwinding tegelijk. Ze kende Max niet, hij was groot en sterk, had iets onbehouwens, zeker geen man die zij zomaar even binnenliet.

'Ik heb bezoek,' loog ze.

Of ze morgen kon? Ze zwichtte en ze spraken af voor de dag erop, eind van de middag, na hun werk, in het niet al te ongezellige restaurant van het tuincentrum, een dorp verderop.

Het was onzin om koffie te drinken als het al etenstijd was, dus bestelden ze allebei een schnitzel met friet. Ze aten met uitzicht op de sproei-installaties. Het opwindende was de wetenschap dat hij haar wou, en dat zij niet onwelwillend was. Na het eten vroeg hij wanneer hij haar weer kon zien. Morgen graag. Hij speelde geen spelletjes en dat gaf haar vertrouwen. De afwezigheid van spel gaf alles ook een onmenselijk tempo.

Binnen twee weken waren ze onafscheidelijk. Er was geen nacht waarin ze niet samen sliepen en al snel kwam het besef dat ze in één huis hoorden.

Nora was jong genoeg om te geloven in Het Had Zo Moeten Zijn. En Max had zo lang zijn eigen behoeftes genegeerd dat hij nu geen geduld meer wenste op te brengen.

Niet lang nadat Johanna haar zoon had verteld dat ze met kerst op Ibiza bleef, woonde Max samen met Nora boven de kapperswinkel.

Zijn ouderlijk huis sloot hij netjes af.

Hij stuurde moeder en zus een voorgedrukte adreswijziging met één handgeschreven zin: 'Zal op het huis passen.' Hij kwam er nog eens per week, stofzuigde zo nu en dan. Haalde de post van de mat. Beetje bijhouden en er vooral niet over nadenken.

Max nam Nora eens mee toen hij de meterstand moest opnemen. Nora bekeek de familiefoto's op het dressoir, keek lang en goed naar de vader die niet meer leefde. Zocht de trekken van Max. Tot Max haar van de foto's vandaan trok en kuste.

Gerrit zag het vanuit het hiernamaals en glimlachte tevreden omdat zijn zoon met een meisje was. Hij vertrouwde het wel, die twee samen. Niet omdat Het Zo Had Moeten Zijn, maar omdat je voor een bestendige relatie slechts twee mensen nodig hebt die beiden geloven dat het goed is. Een geloof dat losstaat van de werkelijkheid.

Mijn zegen heb je, zei Gerrit, maar niemand hoort de doden.

Nora's moeder was even dood als Gerrit. Drie maanden voordat Max bij haar dochter aanbelde, overleed ze aan borstkanker. De ziekte was laat ontdekt, het proces snel gegaan. Ze was stilgevallen bij de fatale diagnose, drie maanden stil gebleven en ook nu ze dood was, zweeg ze in alle talen.

Nora had een naïeve voorstelling van het heengaan gehad. Dat had op een tragische maar mooie manier vreselijk moeten zijn. Maar haar moeders stervensweg was uitsluitend vreselijk geweest.

Nora keek voorheen alle televisieprogramma's over ernstig zieke mensen die openhartig en onbevreesd over hun naderende sterven spraken. Ademloos luisterde ze naar hen. Nora dacht dat dat de werkelijkheid was: als het einde nabij was, kwamen de mooie woorden. Nooit had ze bedacht dat degenen die op televisie over hun eigen dood spreken, de praatgenieke uitzonderingen zijn.

Nora's moeder was een kalme, hardwerkende, optimistische vrouw. Toen ze te horen kreeg dat ze ziek was, wilde ze daar met haar praktisch optimisme alles tegen doen. Ze zocht naar de oplossing voor dit grote probleem, maar die weg liep dood. Ze wist niet wat ze moest doen tegen de onvermijdelijkheid, die alleen maar pijn deed. Ze kon niet leven met het idee dat er niets te doen viel. Uiteindelijk wachtte ze radeloos op wat komen ging, als een dier in de val.

Nora op haar beurt wachtte op een goed gesprek, op woorden speciaal voor haar. Uiteindelijk gaf ze dat verlangen op. Het was misschien ook te veel gevraagd en alleen maar eigenbelang. Niet erg, overkomelijk. Dan wachtte ze gewoon op de vrede die zou komen en waarvan ze al zoveel vormen had gezien in haar favoriete televisieprogramma's? Drie maanden na haar moeders dood wachtte Nora nog steeds tot moeder er vrede mee zou krijgen.

Hun gezin was hecht geweest, maar moeder was de lijm. Nora's appartement was vlak bij het huis van haar ouders, ze woonde nog niet lang op zichzelf en was gewend binnen te lopen wanneer het haar zo uitkwam. Maar zonder haar moeder werden haar broer en vader vreemden. Nu pas viel het Nora op hoe stil ze waren, dat ze niet wisten hoe ze met elkaar moesten praten.

Niets was al meer zoals het was toen Max zich aandiende. Haar leven was intussen zo veranderd dat ze geen vergelijking meer had met wat normaal zou moeten wezen. De maatstaf ontbrak.

Max was zorgzaam en gaf haar al zijn aandacht. Ze was hopeloos verliefd.

In zijn armen ontsnapte ze uit het verdriet van het geamputeerde gezin.

Haar vader, broer en haar vrienden waren sceptisch over deze snelle stap van rouw naar verliefdheid. Te mooi om waar te zijn.

Vader en broer grepen de relatie gretig aan om zich zorgen te maken. Het leidde af van die onhandelbare rouw. Ze spraken niet meer over hun vrouw en moeder, ze spraken over Max.

Wie was die Max eigenlijk?

Ze kenden geen vrienden van hem, ze kenden zijn familie niet. Blijkbaar was er een zus in Groningen en een moeder op Ibiza. En hij woonde voorheen nog in zijn ouderlijk huis? Een vriendin kende een collega van Max, maar ook die wist niets onrustbarends noch geruststellends te melden.

Toen Nora al zwanger was terwijl de verhuisdozen van Max nog niet eens waren uitgepakt, bereikte de onrust van Nora's familie zijn hoogtepunt.

Als haar vader over zijn vrouw sprak, dan was het in zinnen als: 'Gelukkig maakt mama dit niet meer mee.'

Maar toen het kind van Max en Nora een werkelijkheid werd, een nieuw leven onafwendbaar was, zodra het meisje er was, ze Elsie heette, naar de moeder van Nora, niet huilde in opa's armen, toen Max voor het gezin een kleine eengezinswoning kocht, ging iedereen er maar 'het beste van maken'.

Natuurlijk was oma Johanna overgekomen om haar kleinkind te verwelkomen. De baby maakte haar emotioneel. Ze liet tranen op het kind vallen en Nora nam de baby snel over. Alsof ze haar kind tegen Johanna wilde beschermen. Dat gebaar bleef tussen hen in staan. Het was ook voor Max eenvoudiger toen ze weer weg was.

Nora's vader hield Max goed in de gaten, maar alles wat hij zag was een hardwerkende, ietwat saaie hovenier, een liefhebbende vader en echtgenoot. Misschien wat eenzelvig. Maar Nora was gelukkig, hun dochtertje gezond en vrolijk. De scepsis werd vergeten. Toen Max de verwaarloosde tuin van Nora's vader begon te onderhouden, een tuin die een hobby van Nora's moeder was geweest, kwam alles goed. Nora's vader noemde Max in een dronken bui een godsgeschenk.

Nora was gelukkig. Max was gelukkig. Zijn moeder was verliefd op Ibiza, zijn zus was ondergedompeld in het studentenleven in Groningen, het verleden was ver weg. Zijn familie was zijn gezin van nu.

Het gemak waarmee Max en Nora elkaar hadden gevonden en de snelheid waarmee ze een gezin waren geworden, weerspraken elke realistische verwachting. Het had tot gevolg dat ze beiden ontsnapt dachten te zijn aan de stugheid van het bestaan. Vanaf het moment waarop Max bij haar had aangebeld, waren zij vrij.

Soms dacht Max zijn moeder te missen, of was het alleen een plotseling besef dat ze er niet was, terwijl ze ooit zo'n vanzelfsprekende aanwezigheid was?

'Is dat eigenlijk wel missen?' vroeg hij aan Nora.

En Nora zei: 'Misschien niet', en ze opperde dat zij haar moeder misschien ook niet miste. Omdat het zo fijn was als dat klopte. Omdat zij de werkelijkheid naar hun hand hadden gezet. Voor hen golden de voorspelbare emoties niet.

Max sprak, als het om zijn moeder ging, nu over tevredenheid. Ze was gelukkig daar en daarom liet hij haar. Daarom hoorde ze zelden van hem. In tegenstelling tot zijn zus, die klaagde dat hun moeder hen vergat, vergat Max haar gewoon net iets meer. Zo kon hij Frans grootmoedig 'best een goeie vent' noemen, terwijl zijn zus hem een egocentrische lul vond.

Maar er was iets aan het veranderen op Ibiza, een ontwikkeling die vanuit Nederland lang te negeren viel. Johanna's gelukkige jaren mochten niet duren. Nog geen vijfenzestig was ze toen de alzheimer haar al flink in de greep had. Frans kon dan misschien 'best een goeie vent' zijn, hij verdroeg het slecht toen na vier gelukkige jaren zijn mooie, lieve vriendin voor zijn ogen transformeerde in een vroegoude, hulpeloze vrouw. Hier had Frans niet voor getekend. Een leven lang lief en leed delen kan nog in verhouding staan tot de zware jaren aan het eind. Dat is iets anders dan na de vrolijke beginjaren gaan sukkelen en dan al afstevenen op het beladen en langgerekte slotakkoord. Wie dat al volhoudt, doet dat meer uit plichtsbesef dan uit liefde. Frans' plichtsbesef was niet zo groot. Zijn liefde ook niet.

Het was voor het eerst dat Frans Max belde, een maand geleden. Aanvankelijk leek het alleen om zijn zorgen te delen.

Max luisterde en zei: 'Ach' en: 'Serieus?' en: 'Ja, lastig.'

Bij telefoontje nummer twee vroeg Frans: 'En wat gaan jullie hieraan doen? Het is júllie moeder.' Het klonk als een aanval en hij herhaalde: 'Het is jullie moeder.'

Dat viel niet te ontkennen.

'Dat heb ik ook tegen je zus gezegd.'

'Je hebt Jennie gesproken?'

'Jullie lijken er nogal gemakkelijk over te denken.'

Bij telefoontje nummer drie werd Johanna's terugkeer aangekondigd: 'Ze moet naar Nederland, hier gaat het niet.'

'Als jij denkt dat ze beter in Nederland ...'

'Ik zoek de beste vlucht.'

'Wanneer ...'

'Voor het einde van de maand.'

De laatste keer dat Frans belde om de datum van vertrek naar Nederland door te geven, klonk hij ronduit kwaad. De man had zich nooit eerder met Johanna's kinderen beziggehouden, maar nu zij steeds zieker werd vroeg hij zich constant verongelijkt af waar haar familie was.

'Ze kan niet alleen vliegen, heb je dat wel door?'

'Als jij het zegt.'

'Komt zoiets in jullie familie voor? Alzheimer, zo jong al?'

'Niet dat ik weet.'

'Hoe kun je dat nou niet weten?'

'Ik geloof dat mijn oma wel vrij jong dementeerde.'

'Dat is mij dus nooit verteld.'

Max hoorde zijn moeder iets roepen op de achtergrond. Frans moest ophangen en zei alleen nog dat hij Johanna geen minuut alleen kon laten.

Max is thuis als zijn moeder hem zelf belt. Hij drinkt koffie met zijn vrouw, zoals hij dat altijd doet, in de namiddag, voor hij gaat koken. Max drinkt koffie op elk tijdstip van de dag. Cafeïne lijkt geen invloed op hem te hebben.

'Max, ben je daar? Ik ben thuis, waar ben je nou?'

'Je bent er al?'

'Dat zeg ik! Waar ben je nou?'

'Is Frans daar ook?' Het is even stil. Hij hoort voetstappen.

Dan zegt zijn moeder zacht: 'Dat is Frans niet.'

Gemurmel op de achtergrond. Een mannenstem. Frans neemt de telefoon over. 'Je zus is onderweg, kom je?'

Hij hoort zijn moeder weer vragen: 'Max?'

'Max komt eraan,' zegt Frans en hij verbreekt de verbinding.

Max is al opgestaan.

Nora zegt: 'Drink je koffie even op.'

Max pakt zijn kopje op, neemt nog snel een slok. 'Mijn moeder is er.'

'Je hoeft toch niet meteen op te staan en weg te rennen?'

Hoe klein en onbelangrijk dit moment ook lijkt te zijn, het is opgemerkt. Max zet zijn kopje neer, voelt hoe de spieren in zijn nek zich aanspannen terwijl hij tegelijkertijd ijzig kalm wordt. Hoe durft ze hem tegen te houden wanneer hij naar zijn moeder wil?

'Ik wil nu graag gaan.'

'Je moeder laat zelf al tijden niets meer van zich horen, en nu is ze net thuis, en dan moet jij er op stel en sprong naartoe?'

Max zegt niets, want de zinnen die in hem opkomen – *Waar bemoei jij je mee?* – passen niet bij hen twee – *Hou je bek, kut* – zo zijn zij niet – dus herhaalt hij nog maar een keer: 'Ik wil nu graag gaan.'

Nora reageert niet meteen, want ook haar woorden – *Slappe zak* – zou zij nooit uitspreken, zo zijn zij niet. 'Nou, dan ga je.'

Al woont Max er niet meer, hij voelt zich wel verantwoordelijk voor het huis. Hij houdt de haag in de voortuin bij. Bij vorst zet hij de thermostaat hoger zodat de leidingen niet bevriezen.

Aan het huis zelf heeft hij nooit iets veranderd. In de koelkast ligt al tijden een fles witte wijn en er staan twee blikjes bier in de deur. Hij kwam er niet aan. Hij heeft ook nooit overwogen om de koelkast uit te zetten. Niet omdat hij zijn moeder elk moment thuis verwachtte, maar omdat hij geen behoefte had om wat dan ook te besluiten rondom zijn ouderlijk huis. Zoiets zou alleen maar heisa geven, gesprekken met zijn moeder of, erger nog, met zijn zus. Liever is hij hier bezoeker, getuige. Geen bewoner, geen speler. Hij heeft de boel onderhouden, zodat het huis hem niet met onverwacht verval kon confronteren waar hij alsnog iets mee moest. Onderhoud, daar is hij goed in, dat is zijn werk. Hij snoeit struiken niet om ze te veranderen, maar om te zorgen dat ze min of meer hetzelfde blijven.

Max opent de deur, hoort stemmen en voelt weerzin. Zijn moeder komt de gang in en loopt op hem af. Ze heeft twee knalrode vegen op haar wangen. Max heeft zijn moeder vroeger wel vaker haar lippenstift als rouge zien gebruiken, maar toen deed ze dat subtiel, niemand had door dat het lippenstift was. Nu lijkt ze een indiaan op oorlogspad.

Ze omhelst Max en fluistert in zijn oor: 'Dat is Frans niet, het is zijn broer.'

Frans wacht hen op in de huiskamer, hij heeft zijn jas nog aan.

De bel gaat. Frans loopt de kamer uit en als Max alleen is met zijn moeder zegt ze weer: 'Het is zijn broer.'

'De broer van Frans?' vraagt Max.

'Ja.' Hij hoort Jennie in de gang al praten tegen Frans, over een treinvertraging, een omleiding, oponthoud.

Zijn moeder vraagt hem naar Elsie.

'Die is bij opa.'

In de kamer laat zijn zus haar grote weekendtas van haar schouder glijden, hij valt op de grond. Max realiseert zich dat hij haar al een jaar niet heeft gezien. Een halfjaar geleden spraken ze elkaar een keer aan de telefoon, nadat ze hun moeder had opgezocht op Ibiza. Toen had ze hem ook wel verteld dat mama in de war was, maar Max is het niet gewend zijn zus al te serieus te nemen.

Jennie omhelst haar moeder terwijl ze naar Max glimlacht.

'Lang geleden,' zegt ze. Ze maakt zich los, loopt op haar broer af en omhelst hem ook. Dat heeft ze nooit eerder gedaan. Max verstijft, al wil hij dat niet. Hij wil niet dat zij hem ongemakkelijk maakt.

Ze praat veel. Als hij met haar spreekt is vooral zij aan het woord en denkt hij aan voetbalwedstrijden; tachtig procent balcontact voor de ene ploeg, twintig voor de andere. In hun gesprekken is zij aan de bal. In plaats van naar haar te luisteren schat hij in hoe de percentages tekst tussen hen verdeeld zijn.

En nu raakt ze hem nog aan ook. Terwijl ze hem vasthoudt zegt ze dat het zo goed is om hem te zien.

Honderd procent tekst voor haar, nul voor hem. Eindelijk laat ze los. Hij zou iets terug moeten zeggen. Hij laat het bij de gedachte.

Als ze zitten zegt Frans: 'Het is dus alzheimer.'

Jennie en Max schrikken van de directe toon, maar Johanna zegt gewoon: 'Ja, dat zegt Frans dus ook, dat ik alzheimer heb.'

'Frans?' vraagt Jennie.

'Ik kan haar niet meer houden, op Ibiza.'

'Ik ben geen hond,' zegt Johanna.

'Frans,' zegt Jennie, 'misschien ...'

Johanna onderbreekt haar: 'Dit is Frans niet. Frans zou dit niet doen.'

Frans kijkt geërgerd voor zich uit.

'Ik vergeet dingen,' zegt Johanna, 'dat is wel zo. Maar ze doen ook van alles achter mijn rug om, ik raak daarvan in de war.'

'Wie doen dat, mama?' vraagt Jennie.

'Frans en hij.' Ze knikt naar Frans.

'Hij?'

'Dit is de broer van Frans. Hij wil mij daar niet. Ik weet niet wat die man tegen me heeft.'

'En Frans?' vraagt Max.

'Ach, Frans,' zegt zijn moeder, 'Frans is zo beïnvloedbaar.

Frans is een groot kind. Hij kan niet zonder mij.'

Frans maakt een wanhopig gebaar.

'Wat zit je nou bekken te trekken,' zegt Johanna, 'jij weet ook hoe Frans is, hij kan niet alleen zijn.'

Frans zucht, schudt zijn hoofd. 'Ik kan dit niet. Ik kan hier niet mee omgaan.' Hij legt zijn handen op tafel, alsof hij de mededeling daar neerlegt.

Jennie en Max zijn stil, ze knikken wat, denken beiden dat dit de opening van het gesprek is. Dan staat Frans op en ritst zijn jas dicht.

'Wat doe je?' vraagt Jennie.

Frans herhaalt: 'Ik kan dit niet', en loopt de kamer uit.

Verbaasd kijken Jennie en Max hem na. Ze horen de voordeur opengaan en weer dichtslaan.

'Waar gaat-ie nou naartoe?' vraagt Jennie. 'Hij komt zo terug, toch? Waar gaat-ie nou heen?'

Ze zwijgen en wachten. Dan moet Jennie lachen: 'Dit meent-ie niet.'

Zelfs Max grijnst om de vlucht van Frans.

'Die is mooi opgerot,' zegt Johanna.

'Nou ja, zeg,' weet Jennie alleen nog te zeggen.

'Nou zie je het zelf, noem jij dit normaal gedrag? Hij dumpt me hier en hij vertrekt. Dat is toch waardeloos? Heel anders dan zijn broer,' zegt Johanna, 'Frans zou zoiets nooit doen.'

Jennie en Max kijken elkaar aan, een zeldzaam onderons-moment. Johanna ziet het.

'Wat?' vraagt ze boos. Haar sluimerende wantrouwen wordt weer gevoed. 'Wat?' vraagt ze weer. 'Jullie ook? Wat is er? Waarom kijken jullie elkaar zo aan?'

'Omdat je zegt dat Frans ... Omdat dat Frans was,' zegt Jennie.

Johanna kijkt haar zoon aan.

Max zegt: 'Ze heeft gelijk.'

Johanna's mond vertrekt. Misschien vergeet ze wie Frans is, wat ze nog wel goed weet is dat haar kinderen het niet snel met elkaar eens zijn. Ze kijkt om zich heen, laat dan haar blik rusten op de bank waar haar man zo vaak heeft gelegen.

'Mama?' probeert Jennie.

Johanna blijft naar de bank staren. Alle drie denken ze aan de man die daar altijd lag.

Johanna weet weer waar ze is, en met wie. Ze is moe.

'Waarom hebben we nooit een andere bank genomen?' vraagt ze.

Niemand antwoordt. Ze weet het zelf wel. Het zou zijn alsof ze hem wegdeed, alsof ze zou zeggen dat ze opgelucht was dat hij er niet meer was.

'Het is papa's bank,' zegt Jennie.

'Ja.'

‘Misschien moet je even gaan liggen.’

‘Niet op de bank.’

‘Nee, niet op de bank.’

Jennie gaat met haar moeder mee naar boven. Haalt daar schone lakens uit de kast om het bed op te maken.

‘Ik blijf het weekend hier,’ zegt Jennie.

‘Heb je geen vriend?’ vraagt haar moeder.

‘Een beetje,’ zegt Jennie.

‘Dat kan niet, “een beetje”. Je hebt een vriend of je hebt geen vriend.’

‘Ga maar liggen.’

Max is het niet gewend zijn zus zorgzaam te zien. Er moet iets veranderd zijn toen ze haar moeder een halfjaar terug in Ibiza heeft opgezocht. Ze was er twee weken gebleven en daarna had ze gezegd dat ze moesten afspreken. Dat ze echt wat dingen moesten bepraten nu mama zo snel achteruitging. Het was er nog niet van gekomen. Steeds liet Jennie hem weten wanneer ze in de buurt was, steeds had Max gezegd dat het geen goed moment was.

Max zet de televisie aan en bekijkt een herhaling van het nieuws.

Jennie komt binnen en vraagt of de televisie uit kan, dat praat gemakkelijker.

‘Ik heb niet veel tijd,’ zegt Max, en hij zet de tv uit.

‘Ik wil een gesprek met jou en mama, over papa.’

‘Is dit het moment?’

‘Het is voor jou nooit het moment.’

‘Voor mama.’

‘Ik heb er op Ibiza met mama over gesproken, en die kan het prima aan en nu wil ik er graag met z’n drieën over praten. Ik probeer het niet achter jullie rug om te doen, daar zou je respect voor kunnen hebben.’

‘Wat achter onze rug om?’

‘Een onderzoek, wat anders?’

‘Je bent gek.’

‘Jezus, Max, je weet dat ik hier al jaren mee worstel.’

‘Nou ja, je zegt wel ’s dat je je niet kunt voorstellen dat het zelfmoord was … dat is wat anders dan … een onderzoek.’

‘Max, ik probeer hier al ik-weet-niet-hoelang met jullie over te praten, maar …’

Voetstappen op de trap. Plotseling staat hun moeder weer in de kamer, in een oude badjas.

‘Waar hebben jullie het over?’

Jennie zegt: ‘Over papa.’

Johanna’s ogen worden vochtig.

Max staat op. ‘Ik zeg net dat ik op moet stappen.’

Johanna staart naar de bank en zegt: ‘Hij is er niet meer.’

‘Nee,’ zegt Max, ‘al twintig jaar niet meer, mama.’

Twintig jaar. Je zou denken dat dat een hoop tijd is om te

laten verdwijnen. Maar als Johanna naar de bank kijkt, lijkt Gerrit daar zojuist van te zijn weggetild door de mannen van de begrafenisonderneming, om opgebaard te worden in de bijkeuken. Twintig jaar is niets.

'Het is allemaal achter de rug,' zegt ze, 'die arme man ...'

'Ja,' onderbreekt Jennie haar moeder voordat ze weer de zin zegt die ze al twintig jaar lang gebruikt: *Die arme man, hij kon er niks aan doen.* Wat kan ze deze vrouw kwalijk nemen? Kan ze het de alzheimer al verwijten? Ooit maakte die zin haar furieus.

Schreeuwend heeft ze in deze zelfde huiskamer gestaan: 'Heb je niks beters te melden? Voel je er dan helemaal niets bij?' Ze was zestien, ze had weinig herinneringen aan haar vader en des te meer vragen waar ze haar moeder mee tergde. Max was meestal wel in de buurt en deed alsof er geen ruzie was. Hij kookte vaak als zijn moeder moe was en hij kon tussen het schreeuwen door met een stalen gezicht vragen hoeveel aardappelen zijn zus dacht te willen eten en zij schreeuwde dat hij al net zo gestoord was als hun moeder.

Max neemt zijn moeder bij de arm. 'Kom, ik breng je terug naar bed.'

'Nee,' zegt ze, 'ik wil weten waar jullie over praten.'

'Niks belangrijks.'

'Over papa,' zegt Jennie, 'ik zei tegen Max ...'

'Jennie, moet dit nu?'

'Wat ik op Ibiza zei, ik heb nog zoveel vragen over papa's dood.'

Johanna zegt: 'Waarom mag ik dat niet horen?'

'Dat moet je aan Max vragen.'

'Jullie moeten geen dingen achter mijn rug om bespreken.'

'Dat vind ik ook,' zegt Jennie, 'ik wil gewoon een keer rustig met z'n drieën praten over wat er is gebeurd.'

'Ik weet niet of mama daar behoefte aan heeft.'

Johanna maakt zich los van haar zoon. 'Ik ben geen kind, Max.'

'Moest jij niet naar huis?' vraagt Jennie.

'Ga nou maar,' zegt Johanna, 'Jennie blijft het weekend hier, dus jij hoeft je nergens zorgen om te maken. Wij redden ons wel.' En nu neemt Johanna haar dochter bij de arm, alsof zij haar mee naar de slaapkamer helpt.

Max loopt de straat van zijn moeder uit. Hij passeert het hoveniersbedrijf waar hij werkt en komt even later langs de eik waar hij elke ochtend en elke middag naar kijkt, soms kort, soms lang. Hij heeft geen voorkeur voor de eik in de winter of voor die in de zomer. De eik is een kind dat elke dag verandert, uit zijn oude kleren is gegroeid en er wonderlijk genoeg weer terug in groeit in de zomer. Een kind dat lijkt te veranderen, maar steeds weer opnieuw zichzelf wordt. Nu in de herfst komen zijn armen langzaam bloot en zie je hem naakt in een danspose die hij ooit voor Nora heeft nagedaan.

'Zo staat hij,' had hij tegen haar gezegd toen ze hem net kende. Hij had zijn armen in de lucht gestoken, ze licht gebogen en was toen met zijn hele lichaam wat scheef gaan staan. 'En zo waait hij dan een beetje.' Heel langzaam had hij bewogen, zijn ogen niet gesloten maar toch zonder te zien, in gedachten bij de boom die hij nu zelf was.

Op dat ogenblik veroverde hij het hart van Nora. Zij hoopte dat ze zijn ziel had gezien. Ze wilde een sterke, zachtaardige man en het moment waarop hij die man was, hengelde ze hem binnen en hield dat beeld vast, als de onwrikbare waarheid.

Als haar familie haar zei dat ze niet wist waar ze aan begon met die vreemde man, kon zij denken: Ik heb zijn ziel gezien, en dat twijfel absurd was. Maar als ze had gezegd: 'Maak je geen zorgen, ik heb gezien hoe hij een boom nadeed, die man deugt', dan hadden ze gelachen, erger nog, dan had ze zelf moeten lachen. Als ze die woorden hardop had uitgesproken, waren er misschien andere onwelkome gedachten bij gekomen, bijvoorbeeld dat een man die alleen zijn gevoel kon uiten via de liefde voor een boom, juist verre van te vertrouwen was.

Max staat voor het eerst stil bij de boom die hem altijd iets vertelt. Als hij kaal is, zijn de takken soms armen, dan is het weer het staketsel van een gebouw. Zijn bladeren, die zich in de lente zo langzaam ontvouwen, zijn wonderlijke beestjes. Het is niet dat Max zelf bewust verhalen maakt, zijn hersenen leggen in een reflex verbanden wanneer hij langs de boom komt. Als Max droevig is, dan doet de boom mee in zijn verdriet, dan zijn de bladeren snel dor, hangen ze. Vandaag gebeurt er niets en meteen heeft Max het door. Nooit eerder bleef hij stilstaan bij de boom. Een glimp is anders altijd genoeg om in zijn brein vonkjes te laten verspringen, verhalen – al zijn ze nog zo klein – te laten ontstaan. Nu gebeurt er niets en daarom loopt hij niet door. Hij denkt aan zijn vader, maar weet niet waarom.

Als iemand de boom nu zou omhakken, is hem dat om het even. Fascinerend, dit 'niets' dat er gebeurt, dit afwezig zijn van iedere betekenis, ieder gevoel.

Vanuit het hiernamaals schreeuwt zijn vader dat dit 'niets' een alarm is. Niet voelen is geen optie. Heeft de jongen dan niks van hem geleerd?

Max ziet zichzelf als een eenvoudige man, die weinig nodig heeft om gelukkig te zijn. Dat zijn vader ooit ook zo was, heeft hij nooit willen of kunnen zien. Max gelooft niet dat hij op zijn vader lijkt.

Gerrit lag in zijn laatste jaar op aarde, dag in, dag uit, op de bank in de voorkamer en zag zijn zoon vaak boven zich, vanuit zijn liggende perspectief.

Werk, carrière, vakanties, toekomst waren nietszeggende abstracte begrippen geworden. Op te kunnen staan, naast zijn zoon te staan, groter te zijn dan het kind, dat was pas een waarachtig verlangen. Hij dacht aan Max als baby. Hij had niet begrepen waarom de baby 's nachts andere kleren droeg dan overdag, terwijl hij overdag evenveel – of even weinig – sliep als 's nachts. En nu begreep hij niet meer waarom en wanneer hij zich zelf zou moeten aankleden. Het viel niet te voorspellen op welk tijdstip hij wakker was, welke uren de goede zouden zijn. Nu ben ik de baby, dacht hij. Elke dag leek er weer een functie uit te vallen en even geloofde hij dat dat het was: hij was op de terugweg naar zijn geboorte.

Bij die gedachte opende hij zijn ogen, want hoe ellendig het verhaal ook is, als de hersenen verhalen maken, functioneren ze. Daar flakkerde hij kort van op. Daarom sprongen zijn ogen open en zag hij zijn zoon daar staan.

De jongen keek hoe zijn vader in foetushouding op de bank lag, en Gerrit schaamde zich. Hij sloot snel zijn ogen weer zodat zijn zoon verdween. Zie je nou wel, zo is het voor baby's, wat ze niet zien is er niet. Hij is er niet. Mijn zoon is er niet. En Gerrit huilde omdat zijn zoon er niet was.

Max staat nog steeds bij de eik en herinnert zich die ochtend. Dat zijn vader hem kort aankeek en daarna plots begon te huilen.

Het verdriet van zijn vader, dacht hij toen, moest ergens uit een wrede onbekende wereld komen. Iets zo gruwelijks dat het niet gezegd kon worden. Hij rilde en vluchtte.

Had zijn vader maar kunnen zeggen: *Ik mis je*, of: *Het lukt me niet om je te zien.*

Had Gerrit maar alles kunnen zeggen waarvan hij dacht dat je dat niet met een kind kunt delen. Had Gerrit maar geprobeerd hem het onbegrijpelijke uit te leggen, had hij zijn zoon maar als een volwassene behandeld. Dan had Max het enkel met die last hoeven doen, en niet in zijn fantasie op zoek hoeven gaan naar wat zijn vader zo tergde. Want de fantasie is altijd wreder dan de werkelijkheid, dat had Gerrit moeten begrijpen. Hij leed tenslotte ook niet onder zijn leven zoals het was, maar onder de hel die zijn zieke brein zelf had ontworpen.

De jonge Max wilde de hel van zijn vader snappen en hij zocht daarvoor naar het ergste wat hij zich kon indenken.

Op die dag verplicht de zoon zichzelf elk wreed verhaal te lezen dat hij vinden kan. In de oorlogsencyclopedie van zijn moeder weet hij precies de gruwelijkste foto's te staan. Hij dwingt zichzelf steeds weer te kijken naar een foto van een soldaat, vastgebonden aan een paal. Een andere soldaat steekt hem met een bajonet, als was hij een oefenpop.

Max denkt dan dat zijn vader zich voelt als die vastgebonden soldaat, zo moet het zijn. Max kijkt net zo lang en zo vaak tot de foto hem niets meer doet. Tot het van angst en pijn vertrokken gezicht niet meer dat van een mens is, maar gewoon een organisme met reflexen, niet eens een dier, hoogstens een plant, een bloem, die sluit als het nacht wordt.

Max kijkt films waar hij te jong voor is, 's avonds laat op de tv op zijn slaapkamer, niet omdat hij van zulke films houdt, maar hij wil voelen wat zijn vader voelt, het ergste doorstaan. Niet wegkijken bij *Scarface* als de vriend van Al Pacino met een kettingzaag wordt vermoord. Zichzelf kwellen.

Steeds als het terugkomt in zijn gedachten moet hij het opnieuw zien, net zo lang tot het een neutraal beeld is geworden dat hem niet raakt.

Zo zit zijn hoofd vol met beelden die ooit gruwelijk waren, maar die als kalme associaties voorbijzwemmen en geen rimpeling meer veroorzaken.

Twintig jaar later kan hij nog steeds geen boom omzagen zonder bloed te zien spatten, zonder er horrorscènes bij te associëren. Hij heeft zich getraind er niets bij te voelen. Maar het terrein van niet-voelen breidt zich de laatste tijd uit.

Max wil niet doorlopen want hij hoopt dat de eik hem iets zal vertellen, maar de eik zwijgt en Max moet naar huis.

Voor ze met het hele gezin die zondagochtend moeder en zus gaan bezoeken, poetst Max zijn schoenen. Max legt er eer in zo lang mogelijk met hetzelfde paar schoenen te doen.

Nora vraagt: 'Had je vader ook zo'n grote schoenmaat?'

Max haalt alleen zijn schouders op.

'Kan ik toch vragen?'

Hij poetst zwijgend door.

'Je bent zo stil.'

'Ik ben altijd stil.'

'Je maakt wel altijd geluiden als je je schoenen poetst.'

'Niet waar.'

Nora schrikt omdat hij haar net iets te boos tegenspreekt. 'Zie je ertegen op?'

'Waartegen op?'

'Om naar je moeder te gaan.'

Max begint sneller te ademen. 'Hoezo zou ik daartegen opzien?'

Nora kijkt naar de schoenen, die net zo lelijk zijn als hun

gesprek. Nora begrijpt niet wat er gebeurt. Ze wil roepen: *Wat doe ik nou verkeerd?* Maar ze wil niet zo'n vrouw zijn die roept: *Wat doe ik nou verkeerd?*

De agressie onder de vage woorden doen haar pijn en dan zegt ze toch: 'Waarom ben je nou boos?'

En als hij antwoordt dat hij niet boos is, hoe komt ze daar nou weer bij, weet ze dat ze net zo goed had kunnen roepen: *Wat doe ik nou verkeerd?*

Nora denkt dat liefde alles op moet kunnen lossen, dus zal ze hem helpen. Ze pakt alvast haar jas en ook de zijne.

'We gaan nog niet,' zegt Max.

Niet erg. Ze hangt ze gewoon weer terug en ze laat hem. Zij kan dat.

Elsie vraagt: 'Mag ik kleien?'

'Natuurlijk,' zegt Nora.

'Ik maak iets voor oma.'

'We gaan wel zo weg,' zegt Max.

'Je zegt net dat we nog niet gaan!' roept Nora. Hoezeer zij ook haar best wil doen om een en al liefde en zachtheid te zijn, de kreet ontsnapt haar, die roept alle ergernis uit.

'Ik zeg alleen ...' zegt Max.

Nora pakt de kist met klei uit de kast en zet die op tafel.

'... dat we niet nu gaan, maar wel over een halfuur, dus om nou nog ...'

'Ja, nou staat het er al!'

'Je hoeft je stem niet te verheffen, ik zeg gewoon …'

'Hou op! Stop met praten,' zegt Elsie, 'zo kan ik niet kleien.' En Elsie kleit. In stilte.

Zo was het vroeger thuis, denkt Nora. Nooit iets echt ernstigs, maar altijd een constante stroom van ergernis en heel dun uitgesmeerde woede. Het liefst smeet ze Max zijn oude schoenen in zijn gezicht. Maar zo zijn zij niet en hun meisje moet kleien.

Nora speelde als kind ook het liefst in de huiskamer, dicht bij haar ouders, die nooit ruziemaakten in haar buurt, waardoor ze ging geloven dat zij magische krachten had; het moest de liefde zijn die ze uitstraalde. Ze geloofde dat zij zelf uit een en al liefde bestond, en toen op haar zesde iemand haar over reïncarnatie vertelde, dacht ze even dat ze de reïncarnatie van Jezus Christus was.

Ze was een en al liefde met soms een uitbarsting, een kort faalmoment dat meestal resulteerde in vernieling. Een glazen deur die ze woedend dichtsloeg en brak. Een woest weggesmeten bord dat doormidden ging. Een kapotte stoel, een verscheurd boek. Een schreeuw, een vloek die harder klonk dan gewild. En dan moest ze weer helemaal opnieuw al die liefde opbouwen waaruit ze dacht te bestaan.

Als Elsie haar gekleide armband af heeft, zegt Max: 'We

moeten gaan', en zwijgend stopt Nora het werkje dat eigenlijk nog moet drogen in een bakje voor oma, zoals Elsie wil.

Onderweg naar zijn moeder huppelt Elsie voor haar ouders uit en Nora knijpt even in de hand van Max, glimlacht naar hem.

Ook al heeft hij de sleutel, Elsie wil aanbellen bij oma en Max tilt haar op zodat ze bij de deurbel kan. Het maakt het bezoek aan zijn moeder meteen heel anders dan wanneer hij alleen gaat. Ze gaan nu niet naar mama, ze gaan naar oma. Zijn zus opent de deur.

'Tante Jennie!' roept Elsie. Zijn dochter herschept de wereld.

Oma is blij met de armband. Er is taart gemaakt door tante Jennie. Zijn zus blijkt er heel goed in te zijn.

'Sinds wanneer bak jij taarten?' vraagt hij.

Ze glimlacht naar hem op een manier die hij niet kent. 'Al jaren,' zegt ze, 'word ik rustig van.' Ze snijdt de taart, vier lagen kleuren. Elsie juicht.

'Regenboogtaart,' zegt Jennie, 'altijd goed.'

'Kun je ook koken?' vraagt Max. Zijn vrouw geeft hem een por.

'Natuurlijk kan ik koken, ik ben een volwassen vrouw.'

'Weet je wat we gisteren hebben gegeten?' zegt Johanna glunderend.

'Nou?' vraagt Nora.

Johanna weet het niet meer.

'Wat heb je gegeten, oma?'

'Hoe heet het ook alweer?' vraagt Johanna aan haar dochter.

'Aardappelgratin met spinazie.'

'Aardappelgratin met spinazie, ja,' zegt ze, 'inderdaad, heel goed', alsof haar dochter het knap geraden heeft.

Nora vraagt het recept aan Jennie. Jennie staat op, pakt haar telefoon, zoekt een recept. Het gaat allemaal heel soepel.

Max kijkt toe. Ze spreken met elkaar zonder op hem te letten, het gaat vanzelf. Elsie zingt een lied voor haar oma.

Max is toeschouwer van zijn familie en ontwaart iets wat op geluk lijkt. Iets wat hij zou moeten voelen in plaats van waarnemen.

Er wordt gelachen om het kind dat nu knoeit met taart, om de slagroom op haar wangen, alsof het de eerste keer is dat er een kind onder de slagroom zit. Max begint bijna te ontspannen.

Met zijn gezin als buffer tussen het heden en het verleden lijkt het goed te doen om met zijn moeder en zus te zijn.

Zachtjes neuriet hij het liedje mee dat zijn dochter nu zingt: 'In de maneschijn, in de maneschijn, klom ik op een ladder door het raamkozijn, en je raadt het niet, en je raadt het niet ...'

’s Middags snoeit Max de wilgen in zijn eigen achtertuin, grenzend aan de sloot. Ze zijn hoog, scheef, en hij kan er lastig bij. Gewoonlijk is hij voorzichtig, berekenend. Niet uit angst, maar omdat hij heel goed weet dat iedereen fouten maakt, dat hij geen spaander beter is dan wie ook. Het is niet de vraag óf maar wannéér je een misstap maakt.

Ineens wil hij bewijzen hoe gemakkelijk het is om te vallen. Zichzelf eraan herinneren dat vertrouwen ongegrond is. Hij stapt van de ladder af, klimt de boom in en weet dat de takken hem niet lang zullen houden, dat hij zijn balans niet zal kunnen bewaren. Hij leunt met zijn hele gewicht op de ene helft van de takken, terwijl hij zijn zaag in de andere helft zet. De takken knappen als rietjes. De boom geeft zich willoos over. Onoplettend, wild gaat hij de boom te lijf en valt niet.

Zou hem dat vertrouwen moeten geven? Dat de dingen soms gewoon goed gaan? Dat je geluk kunt hebben? Dat het mee kan zitten? Dat zijn zus zich over zijn moeder zal ontfermen? Dat haar vragen over hun vader vanzelf wel een keer stoppen? Vertrouwen hebben?

Hij loopt het huis in, in zijn zaagbroek.

‘Waar is Elsie?’

‘Speelt bij het buurmeisje.’

Hij bekijkt zijn vrouw. Meestal wil ze niet overdag, meestal heeft hij daar respect voor, probeert het niet eens. Hij pakt haar vast, kust haar.

‘Rustig,’ zegt ze, ‘rustig.’

Max wil niet rustig aan doen. Ze stribbelt nog even tegen, maar geeft zich dan over. Ze hebben seks in de keuken. Snel. Hij komt klaar, zij niet. Ze lijkt niet ontevreden. Zo eenvoudig. Waarom is hij altijd zo voorzichtig geweest, wat heeft het voor zin gehad?

Johanna volgt hoe Jennie de keukenkasten inspecteert. Zelf doet ze even niets. Ze voelt het al tijden, ze doet even niets, maar ze zal zo opstaan, echt, zo meteen.

'We moeten boodschappen doen,' zegt Jennie.

In de supermarkt zegt Johanna: 'Het is hier veranderd, ze verplaatsen steeds alles.' Ze loopt achter haar dochter aan.

'Gerrit kon niet meer tegen supermarkten.'

Haar dochter stopt, draait zich om. 'Wat zeg je?'

'Daar begon het mee, geloof ik, dat-ie niet meer tegen supermarkten kon, te veel prikkels … te veel … te veel …' – ze zoekt – 'gewoon te veel.'

'En toen?'

'Ik zei: "Dan ga ík wel naar de supermarkt?"'

'Dat is toch geen oplossing?'

'Waarom niet?'

'Het gaat niet om de supermarkt.'

'Dat is helemaal niet zo raar, hoor, als je niet tegen supermarkten kunt.'

‘Als het bij supermarkten blijft.’

‘Ik snap het wel,’ zegt Johanna, en ze kijkt naar alles om haar heen, alsof ze wil voelen wat hij gevoeld moet hebben, ‘ik snap het wel.’ Ze wordt bang, gaat sneller ademen, zoekt de uitgang en loopt al.

‘Mama, wacht, waar ga je naartoe?’ Jennie werpt een blik op de boodschappen in haar wagentje, alsof die ook niet zonder haar kunnen, laat dan alles achter en loopt achter haar moeder aan, die nu in paniek naar de uitgang stiefelt. Zonder boodschappen komen ze thuis.

Ze legt haar moeder in bed. Ze weet even niets anders. Zieke mensen leg je in bed.

Johanna slaapt en wordt wakker als het al schemert. Waarom heeft ze haar kleren nog aan? Haar blouse is verkreukt. Ze herinnert zich dat ze Gerrit ooit voor de televisie trof, huilend om de presentator van het nieuws.

‘Maar waarom, Gerrit?’

‘Zo schoon, zo fris, zo’n schoon gestreken overhemd, zou dat niet heerlijk zijn als je een reden hebt om zo’n hemd te strijken?’

‘Ik zou met alle liefde elke ochtend je overhemden strijken,’ had ze gezegd.

‘Waarom zou ik een gestreken overhemd dragen?’

‘Je zou het voor mij kunnen doen.’ Daarop volgde een

stilte waarin Johanna zichzelf voor het eerst de gedachte durfde toe te staan dat de situatie nooit wezenlijk meer zou veranderen.

Het leven zonder haar man zou beter zijn, maar hem verlaten was onmogelijk. Het zou niet alleen zijn hart maar ook haar eigen hart breken. En toch begon het toen, de fantasie te leven zonder hem. Maar toen ze de fantasie serieus dreigde te nemen bleek ze zwanger te zijn van Jennie. En Gerrit leefde op van het bericht. Heus wel. Iets. Kort. Ze moest toen wel denken dat het beter kon worden. Met het tweede kind kwam de plicht er opnieuw vertrouwen in te hebben, en de plicht was een wonderschoon excuus om de treurnis niet onder ogen te zien.

Gerrit ligt niet naast haar. Meestal komt hij later naar bed, maar steeds vaker valt hij op de bank in slaap. Hoe laat is het? Waarom staat de wekker er niet? Waarom heeft ze haar kleren nog aan?

Die man maakt haar gek.

Ze kleedt zich uit, ze moet plassen en zoekt de wc. Ze is plots de weg kwijt.

Het hele huis is een supermarkt geworden met oneindig veel keuzes. Er zijn zoveel deuren, kasten. Slapen de kinderen? De deuren in de gang zijn dicht, ze slapen nog. De trap af.

Het is al licht. Gerrit is niet op de bank. Ze maakt zich zorgen.

Johanna gaat naar buiten. Zoekt Gerrit. Zoekt een plek. Het gras is nat, haar voeten bloot. Waar zocht ze naar? Het constante zoeken is zo uitputtend. Wat waar hoort, waar past. Alsof alle kasten vol zijn. Als je het een erin wilt zetten moet eerst het andere eruit. Je bent de hele dag aan het opruimen en nog past het niet, sta je op de verkeerde plek, met de verkeerde spullen, liggen je schoenen nog binnen. Dat was het, ze moest plassen. Dat doet ze achter de coniferen, een beschutte plek. Ze hoort voetstappen. Kijkt langs een conifeer en ziet Jennie staan met twee boodschappentassen en daar komt ook Barbara, de buurvrouw, die zich altijd overal mee bemoeit.

'Ga weg!' roept ze.

Als Jennie die avond zeker weet dat haar moeder slaapt, zoekt ze de buurvrouw op.

'Wat een verdrietige toestand,' zegt die, 'als ik ergens mee kan helpen ...'

Het huis van de buurvrouw roept herinneringen op bij Jennie. Ooit kwam ze hier veel.

'Bakt u nog steeds zulke goeie appeltaart?'

Barbara lacht en zegt: 'Ik kan helemaal geen appeltaart bakken.'

Jennie schrikt van het antwoord, haar broer zegt vaak dat ze zich alles te rooskleurig herinnert, maar dat heeft ze nooit van hem willen aannemen.

'Ik dacht … dat papa heel graag uw appeltaart at, dat heb ik altijd zo onthouden. Dat hij bijna niks at, behalve uw appeltaart.'

'O, maar dat kan heel goed,' zegt Barbara, 'jouw vader was zo ongelofelijk beleefd. Want ik bakte echt beroerde appeltaart. Maar je moeder wist natuurlijk dat-ie zo beleefd was, dus die zei tegen mij: "Blijf erbij zitten, dan eet hij het wel op!" Toen dacht ik nog: Die man redt het wel, als-ie voor de buurvrouw de schijn op kan houden.'

Johanna ziet er goed uit. Een jurk aan, make-up op, geen rode vegen op de wangen dit keer, een sjaaltje losjes om haar hals gestrikt. Max denkt eerst dat zijn zus heeft overdreven. Ze heeft hem gisteravond gebeld en gezegd dat het niet meer gaat, dat mama niet langer alleen kan wonen.

Als Johanna haar zoon opmerkt worden haar ogen vochtig. Ze zegt: 'We redden het wel, je hoeft niet te helpen. Moet jij niet naar je werk?'

'Ik blijf hier ook niet altijd, hè?' zegt Jennie.

'Ik ben het gewend,' zegt Johanna, 'om alleen te zijn.'

'Is dat zo?' vraagt Jennie.

'Ja.'

'Heb je ooit echt alleen gewoond?'

'... ik heb altijd alles alleen gedaan. Ook toen jullie er waren ...'

'Maar we wáren er.'

'Ja, en?'

Jennie zegt: 'Ik maak me zorgen om je, en daarom is Max ook hier.'

'Wat een onzin.'

'Gisterochtend heb je de kranten in de oven gelegd.'

'Niet.'

'Wel.'

'Stond de oven aan?'

'Nee.'

'Dan is dat niet gevaarlijk.'

'Je legt dingen op verkeerde plekken.'

Johanna lacht en zegt: 'Dat klinkt niet heel ernstig.'

'Mama,' herhaalt haar dochter, 'je legt ... meer dingen op verkeerde plekken', met een vreemde intonatie nu, een te serieuze toon.

Johanna krijgt het warm, beseft dat ze iets verkeerd heeft gedaan, maar weet niet wat. Ze heeft een vage notie van een schemeruur waarin ze met iets rondliep en het niet kwijt kon. Als een droom waarin je niet vooruitkomt, maar dan één waarin je je handen vol hebt en niet weet waar het te laten. Haar dochter kijkt haar geduldig aan, zachtaardig ook, wat een lief kind. Zoals ze vroeger was, op haar vierde, vijfde. Altijd gedacht: Een lief kind.

Ze was al acht en smeet een bord van tafel omdat ze het eten niet wilde, en Johanna bleef denken: Hoe kan dat nou, ze is toch een lief kind? Een moeder kan zo'n gedachte lang volhouden. Veel gebroken servies later, zoveel scheldwoorden die een kind niet zou moeten kennen, zoveel gevechten, gillen, bijten later … voordat ze als moeder moest toegeven dat dit niet het lieve kind was. Eerst alleen nog: Waar is dat kind gebleven? Totdat dat zachtaardige kind vergeten was.

Maar nu ziet ze haar weer, de vijfjarige die ze was vergeten.

'Je lijkt op mijn dochter,' zegt Johanna tegen de jonge vrouw. 'Mijn dochter is pas vijf, maar toch lijk je op haar. Jij hebt ook vouwtjes onder je ogen als je lacht.'

Een siddering door het gezicht van de vrouw die op haar dochter lijkt, als een rimpeling over het water. De vrouw staat op en loopt naar het aanrecht, haar aanrecht, wast haar borden af, flitsen van een donker huis. De wc die ze vannacht opnieuw niet kon vinden, hoe nodig ze moest en het bord dat ze wel vond.

Jennie staat met opzet met haar rug naar haar moeder. Ze is geschrokken van de liefdevolle blik. Omdat ze toen meteen wist: Ze herkent me niet, die liefde is voor een ander bestemd. Maar de blik bleek voor haar als kind bedoeld. En het is alsof ze nu pas voelt hoe haar moeder van dat kleine kind had gehouden.

'Ik heb eigenlijk zin in zwarte thee met melk,' zegt Johanna.

'Wil je dat ik thee voor je zet?' vraagt Jennie.

'Graag.'

Jennie kan zich niet herinneren dat haar moeder ooit

om hulp heeft gevraagd. De kinderen moesten hun eigen spullen opruimen en daar was het dan ook wel mee gezegd. Ze zag haar moeder werken, koken, schoonmaken en het allemaal redden in haar eentje.

Ze heeft het vaak genoeg gevraagd: 'Mama, zal ik stofzuigen?' Ze had willen horen: *Ja, kind, graag.* Ze wilde nodig zijn.

Maar mama zei: 'Welnee joh, ga iets leuks doen.' Ze had net zo goed kunnen zeggen: *Flikker op, laat me met rust*, dat was wat Jennie hoorde. Nu is ze dankbaar dat ze gewoon een kop thee voor haar moeder kan zetten.

Als Jennie met aandacht de thee voor haar moeder neerzet, ziet Johanna het ook. Dus dit is wat Jennie wil, Jennie wil voor mama zorgen. Schattig, alsof ze theevisite spelen.

'Gezellig,' zegt ze, 'gezellig, kind, en zo meteen komt oom Ed ook nog.'

'Oom Ed?' vraagt Max.

'Was je dat vergeten? Dat oom Ed komt?'

Jennie zegt: 'Oom Ed komt niet, mama.'

'Jawel, hoor.'

Ze gaan ervan uit dat mama even in een verkeerde tijd zit. Eerst die broer van Frans, nu de broer van hun vader.

Nog geen halfuur later staat oom Ed wel degelijk voor de deur, en zijn zij het die in de war zijn.

Oom Ed is hun vaders veel jongere broer. Ze hebben hem al lang niet meer gezien. Nu hij ouder is geworden, lijkt hij griezelig veel op hun vader. Hij houdt Johanna stevig vast.

'Goed dat je me hebt gebeld,' zegt hij. Oom Ed wankelt als hij Johanna loslaat, hij is mager, broos.

Jennie rekent snel; tien jaar jonger dan haar vader, hij moet nu vierenzeventig zijn.

Johanna zegt tegen haar verbaasde kinderen: 'Ik heb eerst Frans gebeld, maar die nam niet op.'

Oom Ed hielp het gezin vaak in de tijd dat het echt slecht ging met hun vader. Oom Ed woonde aan de andere kant van het land, dus als hij kwam, bleef hij meteen een paar dagen, sliep op een matras in de bijkeuken. Hij was de eerste die werd gebeld toen haar vader was overleden. Dat is een van de weinige dingen die ze nog weet van die ochtend.

'Oom Ed is meteen gekomen,' zei haar moeder, 'lief, hè?'

Ook in het jaar erna hielp hij nog vaak, maar later verwaterde het contact. Jennie herkent hem nauwelijks, ziet alleen de gelijkenis met haar vader, die ze zich ook vooral van foto's herinnert.

Oom Ed belt hun moeder elk jaar op hun vaders verjaardag, en de kinderen krijgen beiden elk jaar een kaart met teksten als: 'Vandaag zou jullie vader drieënzeventig zijn geworden.' Jennie bewaart de kaarten. Max gooit ze weg. Hoelang houdt een mens zoiets vol? Het werd steeds grotesker.

‘Vandaag zou jullie vader vierentachtig zijn geworden.’ Ooit moest het toch stoppen.

Je kunt moeilijk kaarten schrijven met: ‘Vandaag zou jullie vader honderdachttien zijn geworden.’

Ooit moest je denken: Nou, oké dan, nu zou jullie vader misschien weleens overleden kunnen zijn.

Hoofdschuddend had Max naar de laatste kaart met ballonnen en slingers gestaard: ‘Hij is onsterfelijk, die man.’

En Nora had gezegd: ‘Je moet me eens meer over hem vertellen.’

Toen gooide Max de kaart weg. Ze begreep dat dit niet het moment was.

Oom Ed maakt zich een beetje los van hun moeder, maar blijft een arm vasthouden.

Hij kijkt naar zijn neef en nicht en zegt: ‘Ik zou jullie niet meer herkennen.’

‘Je lijkt nu echt op papa,’ zegt Max.

‘Jij ook,’ zegt Ed.

‘Ja, hè?’ zegt Johanna. ‘Hij lijkt op Gerrit toen hij jonger was. Ik heb nog een foto van toen jullie in Zwitserland waren, daar is hij precies Max.’

Oom Ed gaat op de bank zitten.

Hij hoeft alleen maar te gaan liggen en hun vader is weer thuis.

'Ik heb hier geen zin in.' Door de manier waarop de anderen hem aankijken begrijpt Max pas dat hij dit hardop heeft gezegd.

'Waar heb je geen zin in?' vraagt Jennie.

'Ik moet naar mijn werk.'

'Goed, hè,' zegt Johanna, 'dat ik Ed heb gebeld omdat jullie me niet alleen durven te laten?'

'Ík ben er toch?' zegt Jennie. 'Ik heb je toch gezegd dat ik tijd heb de komende weken?'

'Ik heb het zelf aangeboden,' zegt Ed, 'je moeder vertelde me dat je heel goed voor haar zorgt, ik wilde gewoon helpen nu ze terug is.'

'We redden ons wel,' zegt Jennie.

'Het is voor mij een manier om nog iets voor mijn broer te doen,' zegt Ed, 'als jullie het goedvinden.'

Johanna gaat naast haar zwager op de bank zitten. Ze pakt zijn hand vast: 'Je kunt in het bed van Max. Ik vind het fijn dat je er bent.'

Wanneer Max de week erop in de namiddag langskomt om met Jennie de administratie van hun moeder te regelen, zijn Johanna en oom Ed een stukje rijden met de auto. Sinds kort doet dat Johanna groot plezier – Wat wil je doen? Zullen we een eindje gaan rijden? Op de bijrijdersstoel dommelt ze in slaap.

'Is het niet handiger als mama erbij is?' vraagt Max.

'Later,' zegt Jennie, 'eerst dit.'

Op tafel staat de la van de buffetkast, vol met papieren. Max pakt er een doos uit met filmpjes van vroeger met titels op de kleine cassettes als: WERK – PRIVÉ – VAKANTIE – allemaal in het handschrift van hun vader.

'De camera waarop je ze af kunt spelen is stuk,' zegt Jennie monotoon, 'heb het al geprobeerd.'

Max pakt de la met papieren uit. Uitvaartverzekering, röntgenfoto's van een gebroken pols, inboedelverzekering, echtheidscertificaat van een oud schilderij, euthanasieverklaring. 'Is dat van papa?'

'Nee.'

Nu ziet hij zijn moeders naam staan. 'Heeft mama een euthanasieverklaring? Dat wist ik niet. Jij?'

'Nee.'

Hij leest: 'Wanneer ik te eniger tijd door ziekte, ongeval of welke oorzaak ook duurzaam in een lichamelijke en/of geestelijke toestand kom te verkeren, waaruit voor mij geen herstel tot een menswaardige levensstaat te verwachten is, geef ik als mijn uitdrukkelijke wens te kennen ...' Enzovoort.

Oom Ed heeft als getuige ondertekend: 'E.J. Johansen.' De datum een jaar geleden, de laatste keer dat ze in Nederland was. Nu pas realiseert Max zich dat Jennie stil is voor haar doen, hij kijkt op. Voor haar ligt nog een map met papieren.

Ze schuift de map naar hem toe. 'Wat is dit?'

Max opent de map. 'Verslag van de schouwarts, verklaring van de huisarts. Foto's.'

'Foto's?'

'Kijk maar.'

'Ze geven de familie toch niet ...?'

'Dat lijkt mij niet, nee, dus wat doen ze hier in de keukenla?'

'De keukenla?'

'Onder de pannenlappen. Heb je dat verslag wel 's gelezen?'

'Nee.'

'Er is nauwelijks onderzoek gedaan. Of zeg maar gerust: niet.'

Max leest niets, kijkt naar zijn zus en voelt het dikkere fotopapier dat onder op de stapel ligt. 'Foto's? Van papa?'

'Ja.'

'Heb je ze bekeken?'

'Ja,' zegt Jennie.

Max weet nog heel goed hoe zijn vader eruitzag die ochtend. Hij kan zich precies voorstellen wat er op die foto's staat. Dat zij het nu ook weet, bevalt hem niet. Alsof het een privéherinnering is waar zij nu zomaar bij kan.

'Ik denk niet,' zegt hij, 'dat mama zou willen dat je dat allemaal bekijkt.'

'Geloof me, ik had het niet hoeven zien. Ik verwachtte ook niet dat ik foto's van mijn dode vader in de keukenla zou aantreffen ... Hij heeft een hoofdwond, nogal duidelijk. Staat ook in dat verslag, van een eerdere val van de trap. Dat is dan ook ongeveer alles wat er staat. Pillendoosjes gevonden en dan hup de conclusie. En die hoofdwond, niet eens onderzocht. Vind je dat normaal?'

'Hij was de dag ervoor van de trap gevallen, dat is ook zo.'

'Ja, maar dan zegt mama tegen de schouwarts: "O, die is met z'n kop op de vloer gevallen, gebeurt wel vaker", en dan gelooft zo'n man dat? Iemand die er is om te onderzoeken hoe mensen gestorven zijn? Ik zeg niet dat hij níét van de trap is gevallen, maar het is op zijn minst vreemd dat een neutrale arts dat meteen gelooft en niet verder onderzoekt.'

'Niet als de huisarts bevestigt dat het klopt.'

'De huisarts die al veertig jaar een vriend van de familie is.'

'Dus die weet waar hij het over heeft.'

'En niet objectief is. Als dit nu zou gebeuren – ik heb het nagevraagd – zou het heel normaal zijn als je verder zoekt, mensen hoort ... en dan ... kan zo'n arts alsnog aanbevelen om wel of geen sectie te verrichten ...'

'Zo, je hebt je erin verdiept.'

'Maar toen, in een kleine gemeenschap ... Het is gewoon niet goed gedaan toen. Dat is niet mijn mening, dat is een feit.'

Max zwijgt nu maar. Dat is wat hij doet als hij wil dat ook de anderen stoppen met praten. Bij zijn zus werkt dat averechts.

'Wil je de foto's zien?'

'Nee, natuurlijk niet.' Hij zegt het harder dan hij had gewild. 'Ik herinner het me allemaal prima, ook zonder foto's, dank je wel.'

Jennie schrikt van zijn toon. Ze weet dat haar broer zijn vader heeft gevonden die ochtend, het is niet iets wat je hoort op te rakelen.

Ze zegt zacht, alsof haar woorden dan minder last veroorzaken: 'Ik weet dat je er liever niet over praat, maar het is ook míjn vader en ik heb geen beelden, alleen maar mijn fantasie. En vragen.'

Haar toon is redelijk, hij kan niet anders zeggen. Max

klapt de map weer dicht, alsof hij nog kan voorkomen dat alles opnieuw beleefd zal worden. Hij schuift de papieren van zich af.

'Mijn vriend is arts in opleiding,' zegt Jennie, 'hij denkt dat mama's alzheimer al heel ver is. De hallucinaties lijken daar ook op te wijzen.'

'Jouw vriend?'

'Ja.'

'Ik wist niet ...'

'Ik ken 'm nog niet zo lang. Maar wij denken dus ... Ik denk dat ze heel snel achteruitgaat, en dat als ik haar nog iets wil vragen dat nu moet gebeuren.'

'Dus je wil haar nu ze al in de war is nog lastigvallen met honderd vragen over haar verleden en haar daarna een spuitje geven?' Hij schuift ook hun moeders euthanasiepapieren naar Jennie toe.

Jennie lacht bitter. 'Dat spuitje zal ze nooit krijgen, dat weet jij ook wel.'

Max fronst.

'Tegen de tijd dat ze zover heen is dat wij denken: Dit had ze niet gewild, vragen de artsen haar: "Wil je dood?" en het enige wat dan nog werkt zijn die paar hersenfuncties die in overlevingsstand staan, en dan zegt ze dus braaf: "Nee, ik wil niet dood." Al ligt ze de rest van de dag huilend in bed ... het zal niet gebeuren.'

‘Wie zegt dat?’

‘Zo gaat dat.’

‘Zegt jouw vriend dat?’

‘Dat is de praktijk, lees jij nooit een krant?’

In enkele seconden ziet hij de jaren van aftakeling voor zich die zullen volgen, en hoe moeder, oom en zus zijn leven zullen beheersen. Hij rilt.

‘Die schouwarts,’ zegt Jennie, ‘die …’

‘Wat verwacht je hier nou van?’ onderbreekt Max haar.

‘Ik zeg gewoon dat …’

‘Nee, zeg het nou maar, wat denk je te vinden? Wat is er dan gebeurd?’

‘Mama kan wanhopig zijn geworden? Ik zeg niet dat het met opzet is gebeurd, maar misschien een ruzie die uit de hand liep?’

Max schudt zijn hoofd. ‘Je beweert nogal wat.’

‘Ik wil gewoon zekerheid. Ik wil dat er echt naar gekeken wordt. Ik heb die ruzie gehoord ’s nachts.’

‘Ze hadden nooit ruzie.’

‘Verzin ik het?’

‘Dat zeg ik niet.’

‘Ik heb mama horen roepen dat als het dan allemaal zo ellendig was, dat-ie er dan maar een einde aan moest maken.’

Max lacht.

'Is dit grappig?'

'Dit soort dingen zeg jij, mama niet.'

'Ik geloof ook niet dat ze dat meende.'

'En dus?'

'Als je vrouw dat tegen je roept, is dat uit wanhoop … en dan … dan doe je dat toch juist niet? Zou jij iemand van wie je houdt voor de rest van haar leven met die schuld opzadelen? Dat is wreed.'

Max zegt niets.

'Max, wat vind je van wat ik zeg?'

'Ik vind … dat je … erg … veel zegt.'

'Wat denk jij dan?'

Daar kan Max niet op antwoorden. Voor hem telt de waarheid dat het inderdaad tijd was geweest voor zijn vader om te sterven. Die zekerheid bestaat heel kalm en geluidloos in zijn hoofd en hij zal wel gek zijn om die uit te spreken en door zijn zus te laten aantasten met haar tegenargumenten die dan ook hun plek innemen, wortel schieten. Alleen wat hij stilhoudt, kan veilig in hem blijven bestaan, behoudt daar zijn kracht.

'Waar ben jij bang voor?' vraagt Jennie. 'Wat denk je dat ik zal vinden?'

'Het gaat goed met me,' zegt Max, 'ik slaap goed. Dat wil ik graag zo houden.'

Jennie staat voor het raam en kijkt haar broer na, die abrupt is vertrokken. Ze wil zo graag weten wat er in hem omgaat. Zolang als ze zich kan herinneren, beschouwt hij haar als een last. Ze heeft de map met de papieren en foto's van haar vader strak onder haar arm geklemd, alsof ze bang is dat ze die kwijtraakt. Met haar vingers voelt ze het fotopapier, de beelden die ze niet hoort te zien.

Gerrit lacht weemoedig om zijn dochters verlangen Max te leren kennen. Sinds hij dood is kan hij zien wat zijn kinderen denken, wat zijn vrouw denkt. Het geeft minder kennis dan hij had gehoopt. Zijn dierbaren lijken op elkaar. Alle drie proberen ze oprecht niet te liegen. Als de waarheid hen in de problemen brengt moeten ze die aanpassen. Alles wat ze zeggen moeten ze zelf geloven.

Als Max uit het zicht is verdwenen, gaat Jennie weer zitten, opent de map, en pakt er de foto's uit. Ze kijkt naar haar dode vader. Zijn open mond en zijn dode open ogen. Zo had Max hem gevonden die ochtend.

Gerrit kijkt mee. Hij is erbij als ze aan hem denken, anders niet. Hij wil haar iets geruststellends zeggen. De waarheid zegt ze te willen. Toen ze de foto's van hem eerder die week vond, was ze geschokt omdat ze dit niet hoorde te zien, omdat dat niet gepast was, maar ook kwaad. De waarheid wilde ze niet in kleur afgedrukt. Gerrit zou zijn dochter willen zeggen dat hij het niet erg heeft gevonden om te sterven. Maar dat zal niet genoeg zijn voor haar.

Hij heeft lang de hoop gekoesterd dat hij op tijd was gestorven en zo in ieder geval Jennie niet had kunnen verpesten met zijn ellendige aanwezigheid.

Ze heeft tijdens zijn leven nooit beter geweten dan dat hij de man op de bank was. Voor ze hem als een gewone man kon zien die was gevallen en nooit meer opgestaan, voor ze aan inleving en medelijden toekwam was hij al weg. Als hij al iets was bij leven, dan was hij een kleine last. Als jeuk. Hij heeft heus wel gezien hoe het haar opluchtte toen hij weg was.

Elke dag zei haar moeder: 'Zeg je vader goedemorgen.' Als ze thuiskwam uit school: 'Zeg je vader gedag' – 'Kus je vader welterusten.' Wat was hij voor haar? Een man die rook naar zweet en sigaretten en die het nauwelijks doorhad als ze hem gedag zoende.

En toen was die man weg. Gerrit zag geen verdriet bij haar. De kleuter kroop op de bank waar hij had gelegen, op de beste plek met goed zicht op de televisie, en dat deed hem deugd. Hij had ruimte gemaakt voor haar en even kon hij geloven dat zijn dood een geschenk was. Het maakte hem een gelukkige dode. Voor even.

Toen Jennie niet lang daarna bij zwemles een nieuwe badmeester kreeg die ze niet leuk vond, zei ze op klagende toon tegen haar moeder: 'En nou moet ik weer wachten totdat-ie dood is.' Toen zag haar vader dat ze van zijn dood enkel had geleerd dat het een mooie oplossing is voor mensen die je in de weg staan. Of liggen.

Gerrit probeerde toen nog te geloven dat zijn leven haar niets had gedaan en zijn dood nog minder. Maar hij begreep eigenlijk al dat ze er last van zou krijgen dat ze ooit blij was geweest met zijn dood. Die vreugde kon ze helaas niet vergeten.

Jennie had die blijdschap nooit uitgesproken. Al op haar vijfde moest ze hebben gedacht dat zo'n gevoel verboden was en haar vader begreep helaas maar al te goed dat het verbieden van je gevoelens het begin van alle problemen is.

Jennie begon al snel na zijn dood verhalen te maken. Het liefst over haar vader, die ze nu zo vreselijk zei te missen. Het was een goed verhaal om verdrietig over te zijn, een dode vader, dat vroeg geen uitleg. Op school genereerde dat acuut liefde en aandacht – een wondermiddel.

Ze huilde vaak voor het slapengaan en als haar moeder

vroeg waarom, zei ze: 'Ik mis papa.'

Haar moeder wist dat dat niet waar was. Maar als je zesjarige dochter huilt en zegt: 'Ik mis papa', wat moet je dan? Misschien wilde Johanna wel dat het waar was. Het was de gemakkelijkste weg om mee te spelen en haar jongste te troosten. Uiteindelijk zei Johanna tegen zichzelf: Het kind wil blijkbaar ergens verdriet om hebben, het kind wil getroost worden, en ik ben de moeder, dus ik troost.

Later zocht Jennie foto's van haar vader, van voor ze zelf was geboren, van de jonge, knappe, energieke vader. Ze hing ze op in haar slaapkamer.

Als Max zei: 'Mijn lievelingsgetal is twaalf, want ik ben twaalf', hun moeder zei: 'Het mijne acht', en Jennie: 'Vijf', dan vroeg Jennie meteen daarna: 'En wat was papa's lievelingsgetal?'

Als hun favoriete eten werd besproken, hun sterrenbeelden, dan was het Jennie die vroeg: 'En papa?'

Degene met de minste herinneringen aan hem was de enige met de behoefte hem overal in te betrekken. Pas toen hij dood was, kreeg hij nut voor haar. Iemand om al je gemis en verlangens aan te wijden.

Gerrit kon dan wel dood zijn, hij werd geen seconde met rust gelaten.

Aan jou wordt tenminste gedacht, sprak een mededode, die

op aarde pas werd herinnerd toen zijn foto uit een album viel bij een verhuizing.

Gerrit keek toe hoe zijn dochter op haar zevende verjaardag de tafel voor vier wilde dekken en zei: Ik wilde mijn gezin juist niet meer tot last zijn, maar sinds ik dood ben, zit ik ze pas echt in de weg. Ik wil dat het stopt.

Wat jij wilt, zei God, doet er niet meer toe. Jij bepaalt niet meer wie je voor hen bent, dat doen zij.

Elke tekening die Jennie maakte was voor papa. Op haar achtste versierde ze op zijn verjaardag in de vroege ochtend het huis. Toen Max beneden kwam en de slingers zag, had hij net zo goed een klap in zijn gezicht kunnen krijgen. Tijdens het leven van zijn vader waren de slingers al ongepast: zijn vader en feest, dat was een absurde combinatie. En nu die slingers er hingen voor de dode vader, leek het lijden gewoon door te gaan, met elk jaar een kaart van oom Ed.

Johanna durfde het haar dochter niet te verbieden. Ze kon haar niet haar vader ontnemen.

'Mijn meester,' zei Jennie, 'zegt dat je de goede dingen moet herinneren.'

Natuurlijk wilde Johanna niet tegen haar dochter zeggen dat ze onmogelijk goede herinneringen aan haar vader kon hebben.

Johanna en haar zoon aten zwijgend hun ontbijt onder de

slingers, terwijl Jennie zong: 'Hij leve hoog, hij leve hoog.'

Voor de een was het onderwerp 'vader' goed, voor de ander slecht. Gerrit moest toezien hoe hij na zijn dood het eeuwige onderwerp van strijd werd tussen zijn twee kinderen. Soms werd hij er zo wanhopig van dat hij dacht: Ik had beter kunnen blijven leven.

Max vond zijn zusje een aansteller, een hysterica. Maar Jennie was strenger voor zichzelf dan Max besefte. Al toen ze zes was en net iets meer begon te begrijpen van haar emoties, kwam ze in de problemen.

Ze herinnerde zich haar afkeer van haar vader en met een net ontwaakt geweten was dat lastig. Je dode vader missen mocht in Jennies theorie van goed en kwaad. Je zieke vader vervloeken mocht niet. Blij zijn dat hij dood was, hoorde niet bij het Goede. En Jennie wilde een goed kind zijn. Dus wrong ze haar gevoelens in een mal zodat ze haar toelaatbaar leken. Ze hield het gefantaseerde gemis aan haar vader jarenlang vol. Maar naarmate de tijd verstreek, vrat deze fantasie aan haar omdat ze ook wel wist dat het een leugen was. Ze was al twaalf toen Max haar eens hoorde huilen op haar kamer. Hij trof haar bij een foto van hun vader. Max voelde alleen maar afkeer en liep weg.

Hij wist niet dat ze huilde omdat ze er niet meer omheen kon dat het allemaal onzin was. Omdat ze zichzelf daarom haatte. Ze oordeelde dat zij geen recht had op verdriet.

Alles wat aan haar vader herinnerde deed ze die dag weg. Ook verdriet werd opgeruimd. Verdriet was een leugen om aandacht te krijgen. Ze wilde zichzelf straffen en ze zou eerlijk zijn.

Ze keek in de spiegel met het haar zo eigen gevoel voor drama en zag hoe lieflijk haar blonde haar golfde. Dit engelachtige voorkomen was ook een leugen, dus knipte ze haar haren af.

Toen ze voor het avondeten naar beneden kwam, zagen haar broer en haar moeder behalve haar korte haar haar boze gezicht.

'Wat heb je gedaan?' vroeg haar moeder geschrokken.

Voor Max was het haar zoveelste poging om aandacht te trekken en hij zuchtte.

'Dit past bij mij,' zei Jennie kwaad.

Haar moeder noemde het 'de puberteit'.

Nadat Jennie zichzelf verdriet had verboden, verbood ze zichzelf vriendelijkheid. Wanneer ze nare gedachten over andere mensen had, vreesde ze dat deze binnenwereld van haar de echte geheime waarheid was. Al haar vriendelijke gedachten, die er evengoed waren, vertrouwde ze niet.

Ze begon zich te gedragen als iemand aan wie je een hekel hoort te hebben. Natuurlijk hield ze haar monsteract niet consequent vol. Na een chaotische en voor haar familie onnavolgbare puberteit verliet ze haar ouderlijk huis voor een studie archeologie in Groningen.

In het studentenhuis waar ze kwam te wonen ontfermde een vierdejaars studente psychologie zich over haar. Mirjam probeerde haar over te halen om in therapie te gaan. Natuurlijk aanvankelijk tevergeefs. Dat was voor mensen met echte problemen, echt verdriet, mensen die aandacht verdienden.

In het derde jaar van haar studie was Jennie een schim van wie ze ooit was geweest. Geen enkel gevoel vertrouwde ze meer, dus was het beter om elk gevoel uit te sluiten. Uiteindelijk moest ze wel in therapie. Ze zag haar moeder en broer weinig, vertelde hun niets, maar bouwde zichzelf langzaam opnieuw op.

In de gesprekken met haar psychiater kwamen de twijfels over vaders dood ook ter sprake. Natuurlijk probeerde de psychiater haar te laten inzien dat ze de suïcide van haar vader niet kon accepteren, en dat dit een groot thema in haar leven was. Tegelijk kon ook de psychiater niet ontkennen dat haar familie weinig tot geen antwoorden gaf op al haar vragen en dat die vragen terecht waren. Die mochten gesteld worden.

Max wist enkel van de studievertraging en ging ervan uit dat zijn zus er in Groningen een bende van maakte.

De kwade zus van de laatste jaren, toen ze nog thuis woonde, is de zus die Max zich het best herinnert. En misschien is ze wel veranderd, goed, misschien doet ze nu aardig, maar hij vertrouwt het niet. Ze kan altijd weer die feeks van toen worden. Ook hij heeft geloofd dat haar houding toen oprecht was. Het kwade is waar, het goede is de maskerade.

Sinds kort durft Jennie weer te geloven in wat ze voelt en wat ze denkt. Ze heeft haar kinderlijke oordelen afgelegd en kan kalm zien wie ze is, wat ze weet. Maar in die kalme vijver valt het des te meer op dat de schaarse herinneringen aan haar vader, de weinige feiten van zijn dood, nog steeds golven van verwarring opleveren.

Ze wil graag bewijzen dat die verwarring niet aan haar te wijten is. Ze wil degene zijn die gelijk heeft, ze wil erkenning.

Maar ze zegt dat ze 'gewoon de waarheid' wil.

Gerrit glimlacht. Natuurlijk. De waarheid is geen doel op zich, de waarheid is altijd iemands dienaar.

Oom Ed is 's ochtends vertrokken om thuis zaken af te handelen, maar belooft 's avonds terug te komen. Al heeft Jennie bezworen dat dat niet nodig is, hij staat erop.

Jennie heeft een cake gebakken voor haar moeder en broer, maar nu lijkt haar dat ineens ongepast voor bij dit gesprek.

Ze doet alsof ze hem is vergeten, maar bij de koffie zegt haar moeder: 'Je had toch cake gebakken?' en Jennie serveert cake.

'Mama,' zegt ze, 'ik zou graag nog 's willen horen wat je nog weet van de nacht dat papa doodging.' Ze schiet vol.

'Ach, kindje,' zegt haar moeder.

Het laatste wat Jennie wil is huilen. Zij zwengelt hier iets aan waar niemand op zit te wachten, en ze wil zich niet achter tranen verschuilen. Maar hoe graag ze zich ook krachtig wil opstellen, er komen alleen maar slappe, huilerige zinnen uit.

'Ik ... ik heb al jaren heel veel vragen, en ik kan het niet ... afsluiten.' Ze droogt haar ogen snel en beheerst zich weer.

'Wat wil je weten dan?' vraagt haar moeder liefdevol.

'Ik ...' Hoe kan Jennie hardop tegen haar moeder zeggen wat ze tegen haar broer zei?

Haar moeder schuift haar stoel dichter naar haar dochter toe en neemt haar hand in de hare. Johanna is heel helder nu, de hulpeloosheid van haar kind maakt haar scherp.

'Wat wil je weten, lieverd?'

'Ik denk ... dat het misschien ... misschien was het geen zelfmoord, maar een ... hartaanval of ...' Lafaard, denkt ze.

Lafaard, denkt Max.

'Of een ongeluk?' zegt Jennie. Ze weet dat ze nu verward klinkt, labiel. En dat daarom niemand boos wordt nu. Ze liegt weer. Ze liegt dat ze zwak is, liegt dat ze in de war is. Ze kijkt haar moeder recht aan, wil haar familie met open vizier tegemoet treden, maar doet dat met rode, troebele ogen.

'Kindje toch,' zegt haar moeder, 'ik wist niet dat je er nog steeds zo mee zat.'

'Ik heb, of had ... gewoon nog zoveel vragen, en er is nooit een goed moment om het erover te hebben, maar ...'

'Dit is een prima moment,' zegt haar moeder.

Jennie zoekt weer moed. 'Hij was al zo lang depressief, waarom zou hij opeens, toen ... Hij heeft nooit eerder ... Hij was die dag ervoor ... niet zo erg als anders. Hij had dat liedje voor me gezongen ... over de scharensliep.'

Max lacht.

‘Waarom lach je?’ vraagt Jennie.

‘Papa en zingen.’

‘Dat hoor je vaker,’ zegt Johanna, ‘dat ze even opleven vlak voor ze het doen … Dat is dan zo’n opluchtend idee … Dus dan lijken ze blijer.’

‘Maar mama, waarom juist toen? Daar moet je toch over hebben nagedacht? Ik zeg niet dat jij het kunt weten, maar wat dénk je?’

Haar moeders blik wordt wezenloos en ze spreekt monotoon: ‘Natuurlijk, je vraagt je af … je vraagt je natuurlijk af … zoiets laat je niet los … je denkt en denkt …’

Beide kinderen staren hun moeder aan, die in een langdradig lied van nietszeggendheden terecht lijkt te komen, in zinnen die ze niet afmaakt.

‘… en je vraagt je af … wat had ik kunnen doen … en als ik toen maar … niet te bevatten … eh …’ Ze zoekt nog een woord, maar zegt emotieloos: ‘… dat gun je niemand … hij kon het niet helpen … die man … je kunt je niet voorstellen … dat je zo … eh …’

Max kijkt naar zijn moeder alsof ze een raadsel is, probeert te snappen wat er gebeurt in haar hoofd. Johanna gaat maar door, er is een wil om iets te zeggen, een bewuste wil om iets, of liever, om niéts te zeggen.

‘… we kunnen niets anders dan reflecteren …’ mompelt Johanna, ‘nee, respecteren … sorry … de … het … arme man, arme man, kon het niet helpen … eh … ja … boosheid natuurlijk ook … woede …'

Jennie schudt haar hoofd en zegt: 'Ja, laat maar.'

Johanna stopt met het zoeken naar woorden.

'Ga maar naar bed,' zegt Jennie, 'je moet rusten.'

'Ja,' zegt Johanna en ze gaat gewoon.

Max vraagt aan zijn zus: 'Waarom ben je nou weer boos?'

'Ik ben niet wéér boos. Ik erger me.'

'Ze heeft alzheimer.'

'Ja, en ze probeert precies hetzelfde te zeggen als wat ze al twintig jaar zegt. Mensen die liegen leren de leugen uit hun hoofd en gebruiken altijd exact dezelfde woorden. Dat is wat ze zelfs nu … weer probeert.'

'Wat wil je nou?'

'Ik heb me nog ingehouden met al mijn vragen, ik dacht: Komt nog wel … En nu … nu glipt ze me zo door de vingers … met haar alzheimer.'

'Ja,' zegt Max, te sarcastisch voor zijn doen, 'naar voor je.'

Ze zwijgen even, haast in eensgezinde sfeer.

'Het was allemaal zo … kalm die ochtend,' zegt Jennie dan, 'zo herinner ik het me. Natuurlijk denk ik ook steeds … Ik was vijf, wie zegt dat ik het me goed herinner. Maar, het is alles wat ik heb, ik kan moeilijk álles wat in mijn geheugen zit afdoen als onzin.'

Hij zwijgt.

'Ik herinner me dat de buurvrouw op ons paste ...'

'Ja, dat klopt.'

'En er waren twee mannen.'

'Ja.'

'Artsen? Politie?'

Hij antwoordt niet, alsof hij niet doorheeft dat het een vraag is.

'Waren het artsen?'

'De huisarts is eerst geweest.'

'En?'

'En daarna politie, geloof ik ...'

'Dat heeft ze je verteld?'

'Nee, ik was er toch bij?'

'Dat weet je allemaal nog?'

'Ja, en er kwam nog een arts, dat zei mama mij, dat het ook een arts was.'

'Je weet alles nog?'

'Ik weet dat omdat ik het raar vond dat er weer een arts kwam terwijl hij al dood was.'

'De schouwarts?'

'Ja.'

'Ik heb je zo vaak gevraagd hoe dat precies zat, en jij gaf nooit antwoord.'

'Het is geen geheim of zo,' zegt hij zacht, 'ik praat er gewoon niet graag over.'

‘En toen?’

‘Het was allemaal niet zo … dramatisch als jij erover doet. Ze zaten hier koffie te drinken. Te kletsen. Niet eens over papa. Ze kenden elkaar goed.’

‘De schouwarts en de huisarts,’ vraagt ze alert, ‘die kenden elkaar heel goed?’

‘O alsjeblieft,’ zegt hij, ‘ik heb hier geen zin in, jij zoekt overal iets achter.’

Hij verwacht haar woede, maar ze slikt iets weg en zegt: ‘Ik ben jarig morgen, en ik vier het hier, in mama’s huis. Ik heb mijn vrienden uitgenodigd en ik zou het leuk vinden als je ook komt. Kom je?’

‘Komt je vriend ook?’

‘Nee, die zit in Tanzania.’

Pas ’s avonds in bed denkt Max dat je dan hoort te vragen: ‘Waarom zit je vriend in Tanzania?’

Nora komt uit de badkamer. ‘Max?’

‘Ja?’

‘Je geeft geen antwoord.’

‘Wat zei je dan?’

‘Ik vroeg of je me over je vader wilt vertellen.’

‘O, ik hoorde je niet.’

‘Wil je me … ooit een keer over je vader vertellen?’

‘Als het belangrijk voor je is …’

‘Denk je nooit ... Zou je nooit ... in therapie willen of zo?’

‘Waar slaat dat nou weer op?’

‘Je vindt het zo moeilijk om erover te praten.’

‘Ik verstond je gewoon niet.’

‘Ik durf er al bijna niet meer over te beginnen bij jou.’

‘Ga dan lekker zelf in therapie, als je er zo’n moeite mee hebt.’

‘Dit bedoel ik, het is niet normaal dat je zo agressief wordt wanneer het hierover gaat.’

‘Niet ’s avonds laat. Snap je?’

‘Ja,’ zegt Nora.

Max geeft haar een kus en Nora valt al snel in slaap. Max ligt wakker.

Johanna ligt ook wakker. Ze denkt aan Frans en vraagt zich af of het nu warm is op Ibiza. Ze mist de zon. Ze mist het gevoel van blote voeten op de warme stoeptegels van hun terras. Zíjn terras, corrigeert ze zichzelf. Frans heeft niets meer van zich laten horen en Johanna denkt aan de tegels.

Ze staat op en loopt naar beneden, waar ze Ed lezend op de bank treft. Zo heeft hij hier vaak gezeten, toen Gerrit nog boven sliep, en later ook nog, toen hij al dood was. Ed heeft altijd een boek bij zich. Johanna gaat naast hem zitten en vraagt hoe het met hem gaat.

Ed zegt: 'Ik ben momenteel vooral bezig met de gedichten van Leopold', en Johanna denkt dat hij er in de jaren niet gewoner op is geworden.

Hij leest haar voor: '... een vriend is niet, die u aan 't hart wil sluiten/ in uw geluksuur en zich niet genoeg doen kan,/ maar die den balling bij zich binnenroept en dan/ de deur toeslaat tegen de wolven buiten.'

'Ik bedoelde eigenlijk dat je er slecht uitziet. Ben je ziek?'

'Met wat ik heb,' zegt hij, 'kun je nog jaren leven.'

Johanna vraagt niet door.

'Maar de negentig zal ik niet halen.'

'Wie wil dat nou?'

'Kun je niet slapen?' vraagt Ed.

'Nee.'

'Slaap jij nog steeds zo slecht?'

'Ja, en jij, slaap jij nog steeds overal doorheen?'

Hij antwoordt niet.

Johanna zegt: 'Volgens Frans praat ik in mijn slaap.'

'Ik kan wel een tijdje blijven,' zegt Ed, 'even aanzien hoe het gaat met je. Dan kan Jennie ook weer naar huis.'

'Ik zeg soms rare dingen en dan vergeet ik dat weer. Dat zal alleen maar erger worden.'

Ed knikt.

'Het kan zijn dat ik moet worden ...' – Johanna zoekt het woord – 'opgeborgen.'

'"Opgenomen," bedoel je.'

'Dat zeg ik.'

Hij pakt haar hand en zegt: 'Ik help je.'

Aan het ontbijt zingen Johanna en oom Ed 'Lang zal ze leven' voor Jennie en ze klappen in hun handen.

Oom Ed staat erop om de boodschappen te doen voor het feestje van vanavond, Jennie heeft geen auto, hij wel. Kleine moeite.

'Laat me nou iets voor je doen. Beschouw het als een verjaardagscadeau.'

Als Johanna 's ochtends ontbijttelevisie kijkt, gaat Jennie naar de buurvrouw om een taartvorm te lenen.

Barbara haalt springvormen tevoorschijn, in alle maten. 'Wat je maar nodig hebt.'

'Er is hier niets veranderd,' zegt Jennie, 'ik heb hier aan de keukentafel zitten tekenen vroeger.'

Barbara knikt en glimlacht. 'Ik heb je moeder al zo lang niet meer gesproken.'

'Waarom zagen we u eigenlijk nooit meer? Nadat papa was gestorven?'

'Je moeder hield alles af. Ze schaamde zich, denk ik.'

'Waarvoor?'

De buurvrouw haalt haar schouders op. 'Wie zal het zeggen?'

'Hebt u hem nog gezien, die dagen ervoor?'

'De dag ervoor nog. Je vader had me geholpen met een brief die ik aan de gemeente moest schrijven over de vergunning van onze serre. Je vader hielp altijd iedereen, maar dan kwam-ie thuis en dan kon-ie niks meer. Dat heb ik ook pas later begrepen. Dat beetje energie dat-ie kon opbrengen gebruikte hij voor vreemden. Beleefd. Zei ik toch? Tot op zijn laatste dag.'

'Misschien hadden ze daarom ruzie die avond?' vraagt Jennie.

'Ruzie? Jouw ouders maakten nooit ruzie, meid. Hadden ze dat maar gedaan, dat had 'm misschien nog geholpen ook. En geloof me, die muren zijn gehorig, als zij ruziemaakten had ik het wel geweten.'

'Max zei al dat ik het me heb ingebeeld.'

'Wat heb je je ingebeeld?'

'Ik herinner me dat mijn moeder schreeuwde die avond, dat ze ruzie hadden.' Ze lacht schamper om zichzelf en haar fantasie.

'Ja, dat klopt wel, maar dat was tegen je oom Ed.'

'Oom Ed, die kwam pas later.'

'Nee, die logeerde toen bij jullie.'

'Die nacht dat papa stierf?'

'Ja.'

Jennie staart naar de grootste taartvorm in haar handen, en Barbara zet de andere spullen terug in de keukenkast.

'Weet u dat zeker?'

'Je moeder moest zich ook op iemand afreageren. Je vader was geen gemakkelijke man, hoor. Maar een taaie. Ik heb vaak gedacht dat juist je moeder het op een dag zou opgeven. Ik had echt nooit gedacht ...' Ze schudt haar hoofd.

'Zijn ze met u komen praten, daarna?'

'Wie?'

'De politie of ...'

'Waarom?'

'O ...' stamelt Jennie, 'dat schijnt protocol te zijn, bij ... zoiets.'

'Ik wist ook niet wat ik moest doen, hoor ... Wat zeg je dan tegen iemand? Misschien heb ik dat ook helemaal verkeerd aangepakt. Ik heb echt wel geprobeerd om met je moeder te praten, maar ze was zo afstandelijk. Nou ja, die was natuurlijk helemaal van de kaart. Het werd nooit meer echt zoals vroeger. Ik heb nog weleens op jullie gepast, maar niet vaak meer. En jullie oom kwam vaak helpen. Op een gegeven ogenblik geef je het maar op.'

In de papieren die Jennie eerder vond zoekt ze terug wie er volgens het verslag aanwezig waren in de nacht waarop haar vader stierf en wie er zijn gehoord. Nergens staat oom Ed genoemd, die nu binnen komt lopen met de verjaardagsboodschappen. Hij zet een fles champagne op tafel.

'Die krijg je van mij.'

'Je was erbij,' zegt ze, 'je was erbij toen papa stierf.'

'Wat bedoel je?'

'Dat je die nacht hier sliep.'

'Ik sliep hier wel vaker.'

'Waarom ben je dan niet gehoord? Waarom staat dat hier nergens?' Ze gebaart naar de papieren.

'Ach nee, heeft ze die nog steeds?'

'Wat?'

'Ik wist wel dat ze toen die papieren heeft weten te krijgen, maar ik heb nooit begrepen waarom ze dat wou. Alsof die paar feiten je iets kunnen vertellen.'

'Er zitten foto's bij.'

Hij zwijgt.

'Wist je dat?'

Ed lacht een beetje: 'Sorry dat ik lach, maar die huisarts, dat was een ... zeer onconventionele man. Zo kom je ze niet meer tegen.'

'Was?'

'Die leeft niet meer.'

‘Waar hadden jullie ruzie over die nacht? Ik heb jullie gehoord. Ik heb mama horen schreeuwen. Ik dacht altijd dat het tegen papa was.’

Ze verwacht tegenspraak, maar hij aarzelt en zegt: ‘Ik wil niet achter de rug van je moeder om … Dit staat allemaal los van jou.’

‘Er staat veel los van mij,’ zegt Jennie.

Ed glimlacht en denkt na over haar woorden. ‘Ze had het moeilijk,’ zegt hij, ‘en ik zei dat ze misschien voor zichzelf moest kiezen.’

‘Wat bedoel je?’

‘Dat ze eraan onderdoor ging.’

‘Wat moest ze dan doen volgens jou, scheiden?’

‘Bijvoorbeeld.’

‘Bijvoorbeeld. Had je nog andere voorbeelden?’

‘De situatie was voor niemand goed.’

‘Waarom kreeg je dan ruzie?’

‘Ik weet het niet. Ze werd gewoon zo kwaad, ze zei dat ik deed alsof ze een keuze had. Alsof er een oplossing was. Ik weet het niet goed meer, ik weet vooral dat ze zei dat ik haar niet begreep … En dat was waarschijnlijk ook zo.’

‘Soms wil iemand gewoon zeggen dat het zwaar is, en hoef je geen oplossingen te geven,’ zegt Jennie.

‘Ik wilde alleen maar helpen.’

‘Waarom heb je de politie niet verteld dat je erbij was die nacht?’

'Erbij was?'

'Je was erbij die nacht.'

'Ik sliep.'

'Je staat niet genoemd in het verslag.'

'Omdat ik sliep?'

'Nee, je staat niet genoemd als aanwezige, dat is toch vreemd?'

'Is het belangrijk?'

Jennie weet niet of haar oom heel naïef of juist heel geslepen is en bestudeert zijn gezicht.

'Als ik je ergens mee kan helpen ...' zegt hij.

Ze probeert niet te lachen om zijn eeuwige aanbod. 'Ik zou nog wel ... wat kaasjes willen hebben, voor vanavond ... van de markt.' Ze meent het niet.

Hij zegt blij: 'Dan haal ik die.'

Met een nieuwe opdracht verlaat hij weer goedgehumeurd het huis.

Jennie bestudeert opnieuw de papieren alsof daar nog iets nieuws te vinden is. Ze noteert de naam van de schouwarts, herkent de genoemde uitvaartonderneming, die in hun eigen dorp gesitueerd is, en de naam van de medewerker die er destijds bij betrokken was, de vader van een vriendinnetje van de lagere school. Ze belt het bedrijf. Een mevrouw zegt dat ze geen nummers mag geven van werknemers, maar ze kan hem wel haar nummer geven.

Als ze haar taart staat te bakken wordt ze al teruggebeld door meneer Kersten: 'Jij was bevriend met onze Daisy, dat zegt mijn vrouw net.'

'Ja, ik heb u weleens ontmoet, geloof ik ...'

'Zeg maar jij, hoor, en gewoon Andries.'

Hij nodigt haar uit. Natuurlijk wil hij vragen beantwoorden over haar vader, met liefde. Jennie zegt hem dat ze in het dorp is, bij haar moeder logeert, zou het uitkomen ... – ze vraagt het voorzichtig – als ze de volgende ochtend ... Geen enkel probleem. Of ze na tienen kan komen, dan is hij net met de honden uit geweest. Ze weet nog wel waar ze wonen?

Max snoeit de laatste wilgen. Hij is op zoek naar het gevoel van eerder, het onoverwinnelijke. Weer klimt hij in de boom, weer is hij niet bang om te vallen, maar het verschaft hem nu geen enkel geluk. Het is een zekerheid die nu juist droevig maakt: Ik val niet. Ik val nooit. Hij doet onverantwoorder dan ooit, het gaat toch niet mis, denkt hij haast met weemoed. Hij tart zijn evenwicht, de takken, maar Max valt niet, voelt geen gevaar meer, voelt niets.

Elsie is ziek.

'Maak je geen zorgen,' zegt Nora, 'kinderen kunnen heel hoge koorts krijgen, dat is niet meteen zorgelijk.'

Het zorgelijkste is dat Max denkt als in de boom: het gaat toch nooit mis, ze gaat toch nooit dood. Die gedachte veroorzaakt schrik maar ook een wreed verlangen; als er echt iets misging met zijn kind, dan zou hij wat voelen. Maar het enige wat wringt is de banale ergernis dat hij nu alleen naar het verjaardagsfeestje van zijn zus moet.

In de keuken treft hij een sfeer die hij nooit eerder in dit huis heeft meegemaakt.

Een vriendin van zijn zus die hem vaag bekend voorkomt staat aan het aanrecht en belegt toastjes met zalm en kaas. Er klinkt jazzmuziek op de achtergrond. Op de bank van zijn vader zitten drie mensen die hij nooit eerder zag rustig te praten terwijl een man rondgaat met een fles wijn.

Zijn oom en moeder aan de keukentafel zien tevreden toe. Het is ongelofelijk gemoedelijk en beschaafd en Max denkt aan het woord 'gezellig'. Hij vond het altijd een kulwoord, iets voor een non-existente staat van zijn. Zijn moeder ging er soms echt voor zitten om met hem samen een tekening in te kleuren, huiswerk te maken, te knutselen, noem maar op. Dan zei ze: 'Gezellig', en als ze dat zei keek Max naar zijn vader op de bank, die naar hun gezelligheid staarde.

De vriendin van zijn zus die hij nog van vroeger kent kust hem gedag. 'Max, wat leuk om je weer te zien, hoelang is dat geleden?'

'Jij had blauw haar,' zegt Max.

'Ja, heb ik ook nog gehad, ja, blauw, roze. Je ziet er goed uit. Je bent nauwelijks veranderd, man.'

Max vraagt zich af of dat goed is. Hij stamelt: 'Jij ook niet.'

'Tien kilo zwaarder alleen.' Ze lacht.

Zijn zus stelt hem voor aan haar andere vrienden. De man met de wijn geeft hem een stevige hand en kijkt onderzoekend naar zijn gezicht, dan naar de huwelijksfoto van zijn ouders aan de muur.

'Jij lijkt echt op je vader.'

Max schrikt.

'Sorry,' zegt de man, 'het ... is gewoon ... ik ... leuk je te ontmoeten, Jennie vertelde me dat je hovenier bent.'

'Hovenier, ja.' Jennie praat nooit met hem over zijn werk. Het verbaast hem haast dat ze überhaupt weet wat hij doet.

'Hij weet alles,' zegt Jennie, 'laat hem een willekeurig blaadje zien en hij weet de naam meteen, Latijn en alles.'

Een van haar vriendinnen pakt haar telefoon en toont hem een blad van de *Betula pubescens*, daarna de *Salix matsudana* en de *Salix pentandra*.

Een ander pakt ook haar telefoon: 'En deze?'

'De *Viburnum opulus*.'

'Hij heeft een gehéúgen,' zegt Jennie, 'dat is abnormaal.'

Max raakt ervan in de war. Ze lijkt trots op hem te zijn, maar gebruikt tegelijkertijd het woord 'abnormaal'. Haar vrienden die hij altijd luidruchtig en hysterisch vond lijken nu juist beminnelijk en redelijk, maar hijzelf is dus 'abnormaal'.

Zijn oom en moeder gaan vroeg naar bed, en laten de jonge mensen alleen, Max wil ook opstappen, maar wordt tegengehouden. Heel vanzelf. Dat doet hem goed.

‘Lust je wijn?’ vraagt een man en Max zegt niet: ‘Nee’, ook al drinkt hij geen alcohol. Hij wil ineens niets liever dan een van hen zijn, hetzelfde.

Na een glas wijn zit Max, niet gewend aan de alcohol, inderdaad als een van hen op de bank, al zijn vertrouwde schroom is verdwenen. Na een tweede glas wijn vertelt hij grappen. Na een derde glas wijn zingt hij. Na een vierde glas valt het hem niet op dat zijn zus al naar bed gaat. Dat ze weg is, beseft hij pas na zijn vijfde glas, als hij alleen dreigt over te blijven en hij een glimp opvangt van de nuchterheid die hem morgen zal overvallen: de schaamte. Meegedronken alsof hij zestien is, alleen om bij de vrienden van zijn zusje te horen.

Jennie leent haar moeders fiets. Het lijkt alsof ze hier weer woont. Ze fietst naar het huis van Daisy, zoals ze vroeger zo vaak deed. Zo wordt alles heel gewoon en weet ze weer hoe het was. Hoe je als je hier bent, elke dag, onmogelijk kunt verzinnen dat er iets uitzonderlijks kan gebeuren.

Als vanzelf gaat ze achterom. De achterdeur is open. De twee bouviers komen op haar af. Andries roept ze terug.

'Jij bent ook niet veranderd,' zegt de man.

Ze herkent de vader van Daisy vaag, maar als kind was hij een van de vele oninteressante volwassenen, als medevolwassene bekijk je zo iemand anders, of: zie je hem voor het eerst. Daisy's moeder is er ook.

'Ik ben zo weg, hoor,' zegt ze, 'kunnen jullie praten.'

Familiefoto's aan de muur. Daisy en haar oudere broer, net als bij hen thuis. Een ouderlijk huis, niet het hare, maar wel een vaag bekend, ouderlijk huis. Als ze gaat zitten, wil ze haar schoenen uittrekken, blijven. Haar ouderlijk huis inruilen voor een ander, een ongecompliceerder thuis. Zoals ze ooit iemand in een toneelstuk hoorde zeggen: *Ik ben best een familiemens, alleen niet met mijn eigen familie.*

Daisy's moeder brengt hun nog koffie voor ze gaat.

Andries zegt: 'Het moet tien jaar geleden zijn geweest dat je hier bent geweest.'

'Het lijkt korter.' Ze herkent de tafeltjes. Vier houten tafeltjes, het ene steeds kleiner dan het andere.

'Hoe oud was je toen het gebeurde? Vijf? Zes?'

'Vijf.'

'Wat wil je weten? Je kunt me alles vragen, ik heb een goed geheugen.'

Jennie zou eerlijk willen zijn, liever nog wil ze als een kind in huilen uitbarsten. In luttele seconden ziet ze voor zich hoe ze dat laat gebeuren en hoe hij haar zal troosten, het gesprek dat volgt, hoe hij alles begrijpt en hoe ze zijn dochter wordt. Zoals mensen in doodsangst hun leven aan zich voorbij zien flitsen dat ze hebben geleefd, zo ziet Jennie een leven voorbijflitsen waarnaar ze verlangt. Ze slikt haar tranen weg.

'Mijn moeder en mijn broer hebben er altijd zo weinig over gesproken dat ik hele verhalen ben gaan maken in mijn hoofd. Kan dit tussen ons blijven?'

'Natuurlijk.'

'Ik heb er vaak aan getwijfeld ... of het zelfmoord was. Misschien omdat ik het niet wilde accepteren. Maar ik heb ook weleens gedacht dat er iets anders moet zijn gebeurd, dat mijn moeder hem per ongeluk … iets heeft aangedaan …' Ze durft hem niet aan te kijken en zegt: 'Ik weet hoe erg het klinkt.' Ze verwacht zijn afkeuring, tegenspraak, maar hij schuift naar voren en pakt haar hand.

'Kijk me 's aan,' zegt hij zacht, 'je moet je niet zo druk maken. Wie heeft je dat wijsgemaakt?'

De grote mannenhand, die haar smalle vingers omklemt, geeft haar lichaam andere informatie dan zijn woorden. Ze voelt die vaderlijke hand en praat vanzelf verder: 'Mama praatte er nooit over en Max ook niet, dus bedacht ik zelf hoe het is gegaan en …'

'Kinderen hebben de waarheid nodig,' onderbreekt hij haar, 'anders gaat het spoken. Ik heb een jongen gekend wiens vader was vermoord. Ze durfden hem niet te zeggen hoe het was gebeurd, hij had elke nacht nachtmerries. Totdat ze het gewoon vertelden: *Je vader is neergestoken*. Dat gaf hem pas rust. Wat hebben ze jou verteld?'

'Toen? Dat hij zo moe was dat hij eeuwig wilde slapen. En pas jaren later, toen ik ouder werd, dat hij slaappillen had genomen. Dat was het.'

'En dat was niet genoeg voor jou.' Hij zegt het vriendelijk.

Ze schudt van nee, en durft even te geloven dat hij haar helemaal begrijpt, dat alles zo op zijn plek zal vallen.

'Ook niet bij de begrafenis geweest, je vader niet meer gezien toen hij gestorven was?'

Ze schudt weer van nee.

'Ik vind het niet vreemd dat je dan verhalen verzint.'

'Verzint?'

'Jouw vader was een heel ongelukkige man, maar jouw moeder hield zielsveel van hem. Zelden zo gezien. Ik denk er nog vaak aan.'

Jennie hoort het fijn te vinden, maar het maakt haar misselijk van schaamte – nu is zij de cynicus die de grote liefde tussen haar ouders ontkent en bezoedelt.

'Ze heeft alles zelf gedaan,' zegt Andries, 'zij heeft hem gewassen, aangekleed, we mochten niet in zijn buurt komen. Ze sliep naast hem in de bijkeuken, waar hij was opgebaard. Ik kon haar nauwelijks helpen, ze vroeg me hoe het allemaal moest en stond erop om het zelf te doen. Ze zei: "Ik heb hem bij leven verzorgd en ik verzorg hem nu ook." Dat zei ze. Sterke vrouw, jouw moeder.'

Hij kijkt er zo vriendelijk bij dat het even duurt voor ze zijn woorden van zijn gezichtsuitdrukking kan scheiden. Voor hem betekenen deze feiten iets anders dan voor haar.

'Gebeurt dat vaker,' vraagt ze, 'dat mensen alles zelf doen?'

'Zo extreem als je moeder, nee.'

'Jij hebt zijn lichaam … jij hebt hem niet verzorgd?'

'Je moeder deed alles zelf.' Hij klinkt zo tevreden, alsof ze een prijs heeft gewonnen en hij het bekend mocht maken.

Ze schudt haar hoofd in ongeloof. 'Mag dat?'

'Ja, dat mag, ja. En al mocht het niet, schat, wij deden niet alles volgens het boekje destijds. Zeker in zulke situaties niet. Jullie moeder had al genoeg aan haar hoofd. Tegenwoordig maken de instanties het je steeds moeilijker. We waren toen gewoon nog een eigen gemeente en geloof me, toen ging alles een stuk sneller dan nu, ook al is die hele centralisatie bedoeld om alles efficiënter te maken. Kijk, als je nu zoiets aan de hand hebt, dan moet je via alle instanties, door het hele protocol. Je moet drieduizend formulieren invullen. Toen wist je nog met wie je van doen had, twee telefoontjes en het was geregeld. En als je dan de politie belde, of de huisarts, dan wist je wie je belde. Nu maken ze alles onnodig ingewikkeld.'

Dat ze altijd terug mag komen als ze vragen heeft, verzekert hij haar op de drempel. Of hij haar oom kent, vraagt ze nog.

'Och, die arme jongen was smoorverliefd op je moeder.'

'Waarom denkt u dat?'

'Dat zie je toch?'

Nora schiet steeds in de lach die ochtend omdat ze Max voor het eerst met een kater ziet.

'Lach me niet uit.' Hij loopt weg.

'Wat doe je?'

'Ik heb de buren beloofd die rododendron eruit te halen. Dat heb ik gezegd.'

'Helpt de buurman mee?'

'Nee.'

'Dat kun je toch niet alleen?'

Hij is al weg.

Wat helpt tegen schaamte is straf. Iets moet erger voelen dan de schaamte. Zoals je ondraaglijke jeuk kunt verdrijven met pijn door je huid stuk te krabben. Schaamte is jeuk in het hoofd.

Als hij onsterfelijk is, niet vallen kan, als hij naar pijn verlangt, dan kan hij die struik er alleen uit krijgen. Met een bijl hakt hij de grootste stam en de grootste wortels stuk. Hij trekt als een bezetene aan de struik, en vreest dat hij zijn arm uit de kom zal rukken. Hij trekt, schreeuwt, valt en staat weer op. Maar hij gaat door, alsof de goede afloop van deze klus zal verwijzen naar de goede afloop van alles.

Nora komt hem halen, omdat zijn zus heeft gebeld, hij wordt verwacht, het is belangrijk, het duurt niet lang. Ja, het moet nu.

Max zit tussen zijn oom en moeder in.

Jennie zegt: 'Ik zou graag willen dat papa's dood wordt onderzocht, alles wat ze toen niet hebben gedaan. Ik weet niet of dat kan, maar ... Ik wil het niet achter jullie rug om doen, daarom zeg ik het, dat ik dat ... ga ... proberen ... dat ik ga kijken of ... Dat ik een afspraak heb.'

'Met wie?' vraagt haar oom.

'Met de ... recherche ... of wie daarover gaat ...' Ze is ferm begonnen, maar de zinnen zijn gestrand in gestamel. Ze wil zich verantwoorden, ziet de gespannen gezichten van haar oom, haar broer en haar moeder en besluit het dan om te draaien.

'Hebben jullie vragen?'

Het blijft even stil. Johanna plukt aan haar vingers.

'Mama, begrijp je wat ik zeg?'

'Je wilt onderzoeken wat er met papa is gebeurd?'

'Ja.'

Johanna draait haar gezicht naar de bank in de voorkamer en zegt: 'Hij is toch al begraven?'

'Ja, mama,' zegt Max, 'hij is allang dood en begraven.'

'Dan ben je te laat,' zegt Johanna.

Jennie neemt haar moeders hand in de hare. 'Ik ga de politie vragen of ze met de mensen kunnen praten die erbij zijn geweest.' Ze werpt een vluchtige blik op oom Ed. 'Begrijp je wat ik zeg?'

'Ik begrijp heel goed wat je zegt, maar waar is dat allemaal voor nodig?'

'Er is destijds eigenlijk helemaal geen onderzoek gedaan.'

Johanna zucht. 'Nou, jullie doen maar, als je mij er maar buiten houdt. Ik heb al genoeg met die man uit moeten staan.'

Gerrit grinnikt. Prima, zegt hij, geef mij maar de schuld van je dochters koppigheid.

Jennie begint haar spullen te pakken. Als ze haar iets willen vragen kunnen ze dat doen. Ze zeggen niets.

'Ik ga weer naar Groningen,' zegt ze, 'want Peter komt morgen terug.'

'Peter?' vraagt oom Ed.

'De arts in opleiding,' zegt Max gedachteloos, 'ze kennen elkaar nog niet zo lang.' Hij voelt de snee op zijn onderarm branden, hij heeft zich bezeerd in de tuin. 'Ik was eigenlijk ergens mee bezig,' zegt hij. Hij staat op en vertrekt.

Max loopt naar huis en zijn vader loopt met hem mee. Max mag dan zelf geloven dat hij niet aan zijn vader denkt, Gerrit weet wel beter. Hij is hier, toch?

Max vindt het vervelend dat hij zijn moeder geen gedag heeft gezegd. Tegelijkertijd denkt hij dat oom Ed alles wel weer opvangt. Ze heeft hem niet nodig.

Gerrit gaat met zijn zoon mee zijn huis in.

Nora wacht hem nieuwsgierig op. Max heeft geen zin om te praten. Hij gaat zitten, zou iets moeten zeggen, maar zwijgt.

'Wat?' vraagt Nora.

'Ach, gewoon, mijn zus weer,' zegt Max, 'die wil nog een keer laten onderzoeken wat er met pa is gebeurd.'

'Serieus?' vraagt Nora.

'Dat heeft ze al jaren in haar hoofd.'

'Maar hoe serieus?'

'Die zien haar aankomen bij de politie.'

'Hoe reageerde je moeder?'

'Die zit daar niet op te wachten.'

Nora dekt de tafel voor de lunch. 'En nu?'

'Nu is ze weer naar Groningen.'

'Als je liever even bij je moeder bent vanmiddag ...'

'Waarom zou ik? Die heeft oom Ed. Ed helpt. Oom Ed blijft wel een paar weken logeren.'

'Maar het is toch fijn,' zegt Nora, 'dat je oom haar nu helpt, en dit is wat je moeder wil.'

'Ze kan mij toch vragen om te helpen? Ze heeft die man in geen jaren gezien.'

'Nou en, de laatste jaren heeft jouw moeder ook niet naar jou omgekeken, dus waarom zou jij nu alles moeten doen?'

'Ik doe niet alles, ik doe helemaal niks.'

'Je haalt jezelf altijd naar beneden.'

'Mens, klets niet zo dom.'

Ze zegt niets terug, kijkt hem alleen maar aan met die gekwetste blik van haar die hij steeds vaker ziet. Hij voelt de snee aan zijn arm.

'Was jij eerst even je handen?' vraagt Nora.

Max staat op, maar blijft haken aan het tafelkleed. Een bord valt.

Gerrit ziet het gebeuren, reikt nog tevergeefs naar het bord. Zijn reactievermogen is nooit zo snel geweest als na zijn dood, maar nu volkomen zinloos.

Het bord valt stuk op de grond.

'Waarom ligt er ook ineens een tafelkleed?' roept Max.

Weer alleen die blik van haar.

'Weet je wel hoe je naar me kijkt?' Het is iets van de laatste tijd. Ze kan ad rem zijn als ze wil, maar in plaats van hem van repliek te dienen geeft ze hem die blik tegenwoordig, die veel erger is, beschuldigend.

In de voorkamer zit Elsie voor de televisie en hij ziet dat ze zich naar hen heeft omgedraaid en meeluistert. Dat is ook iets nieuws. Eerder was het kind nooit geïnteresseerd in volwassen gesprekken.

'Ik wilde er wat gezelligs van maken,' zegt Nora.

'Waarom?'

'Omdat je dat wel kunt gebruiken, dacht ik.' Ze zit al op haar knieën om het bord op te ruimen dat hij heeft laten vallen.

'Stop daarmee,' zegt Max, 'ik doe het zo.'

'Het geeft niet.'

'Ik ruim het zo op, jij hoeft dit niet te doen.'

'Ik vind het niet erg.'

'Ík vind het erg, hou daarmee op.'

Elsie komt naar hen toe rennen en vraagt: 'Zal ik het opruimen?'

Ze weten allebei even niet wat ze moeten zeggen. Max ziet nu dat Elsie diezelfde blik heeft als haar moeder. Allebei kijken ze hem aan met die onschuld, vermengd met angst. Dit is wat ze met mijn dochter doet, denkt Max. Zo zet ze mijn dochter tegen me op. Die gedachte kan niet juist zijn.

Hij moet hier weg. Elsie knielt naast haar moeder.

'Nee, schatje,' zegt Nora, 'laat mama maar.'

'Ga tv-kijken,' zegt Max.

'Ik wil geen tv.'

'Je moet nu tv gaan kijken,' zegt Nora, dwingender, en het kind loopt geschrokken weg.

Max grijpt zijn jas, die over de stoel hangt, trekt hem aan.

'Wat ga je doen?' vraagt Nora.

'Laat me even,' zegt hij.

'Max ...'

'Ik zeg: laat me even.'

Het is een rotkaart die hij speelt, waar Nora de grootste hekel aan heeft en waarmee hij haar buitenspel zet. Hij zegt het niet vaak, maar als hij het zegt is ze gewend zijn wens te respecteren. Dit keer weigert ze. Hij is niet de enige hier die de regels bepaalt.

'Ik laat je niet, ik wil hierover praten.'

'Godverdomme, Nora, ik zeg dat je me moet laten!'

Ze beseft dat ze hem haast nooit tegenspreekt, maar waarom eigenlijk niet?

'Wil je niet tegen me schreeuwen?' zegt ze.

Max loopt naar de deur, maar Nora is sneller en gaat voor de deur staan.

'Niet weglopen.'

'Ga je aan de kant of moet ik je aan de kant slaan?'

Ze weet meteen dat hij het meent.

Ze zegt: 'Zo praat je niet tegen me', geeft nog eens de grens aan, die hij vast per ongeluk over is gegaan. Een foutje dat ze straks zullen vergeten.

Dan zet hij met kracht zijn onderarm tegen haar keel, duwt haar tegen de deur en fluistert: 'Zeg dat nog 's.'

O God, zegt Gerrit, hij lijkt op zijn opa. God knikt.

Nora denkt aan Elsie. Kijkt ze naar hen? Ziet ze dit? Nora kan haar hoofd niet draaien, ze kan haar dochters naam niet uitspreken, omdat zijn arm haar stembanden afknelt. Met beide handen trekt ze aan zijn arm en ze hapt naar lucht. Hij is te sterk voor haar. Ze moet ook geen lawaai maken, Elsie mag niet schrikken.

Max ziet Elsie. Gerrit ziet Elsie. God ziet Elsie.

Ze zit met haar rug naar haar ouders toe, haar ogen op de televisie gericht. Zelfs van achteren is aan haar nek te zien hoe het kind zich inspant om zich niet om te draaien, om strak voor zich uit te blijven kijken en niets te zien.

Nora is nu zo stil mogelijk en luistert naar de stemmen van de konijnen in de tekenfilm. Zal ze later zeggen dat dit het punt was waarop alles mis begon te gaan, of is het een fabel dat zo'n moment valt aan te wijzen? Zal het een vergissing van hem zijn, zoals ze net dacht, maar dan een verontrustende vergissing, een aanval, een terugval, een val, een ongeluk?

Max laat los. Natuurlijk laat hij los. Nu zal hij schrikken van wat hij heeft gedaan, misschien gaat hij huilen. Dat hoor je toch, dat ze dat doen, daarna? Eerst agressief en dan spijt. Dan is hij er zo een, dan zal hij dit vaker doen.

Maar hij zegt, en het klinkt haast verwijtend: 'Ik zou je nooit echt pijn doen, dat weet je heus wel.'

Ja, knikt ze. Ze laat haar hoofd hangen, voelt haar keel, waar net zijn arm lag, het leek alsof ze stikte. De pijn moet ze zich hebben ingebeeld. Ze maakt de dingen altijd groter dan ze zijn.

Max vlucht naar buiten. Mensen die vluchten zijn mensen die worden opgejaagd. Zij zijn slachtoffer, geen dader. Hij voelt geen schuld maar angst. Op zijn bank aan de rivier verlangt hij terug naar een ander vluchten, zoals hij vroeger deed.

Zijn vader zit naast hem op de bank, al wil Max dat niet weten. Maar als Max niet aan zijn vader zou denken, zou de man hier niet kunnen zijn. Hij wil niet aan zijn vader denken.

Gerrit maakt zich klein, zou willen dat hij zichzelf uit de gedachten van zijn zoon kon verwijderen, als dat de jongen zou helpen.

Max denkt aan zijn vrouw, aan zijn leven nu. Maar het

nu is ook geen toevluchtsoord meer. Als hij naar zijn huis teruggaat moet hij iets goedmaken, rechtzetten.

Met zijn vader op zijn hielen neemt Max de oude route terug naar zijn ouderlijk huis. Omdat hij zijn geest probeert uit te schakelen, omdat hij niet wil zien, niet wil weten wie hij is en wat hij doet, stuurt de automatische piloot hem direct naar zijn moeder.

Hij stopt pas met lopen als hij ze ziet zitten, zijn moeder en zijn oom aan de keukentafel. Het lijken zijn ouders, gemoedelijk aan de lunch. Hij weet dat de inbeelding zo zal vervliegen. Maar de mensen zelf verdwijnen niet. De man wordt oom Ed. Zijn moeder lacht naar oom Ed. Waarom merkt hij nooit iets van haar geluk als hij er is? Zijn moeder staat op en verdwijnt uit het zicht. De voordeur gaat open, ze komt naar buiten en loopt op hem af. Het lijkt niet echt. Alsof een figuur uit een schilderij stapt. Maar ze komt steeds dichterbij, tot hij haar lichaamswarmte voelt en ze hem omhelst.

Hij zegt: 'Ik heb altijd alles voor je gedaan, mama.'

Ze fluistert: 'En dat moet stoppen, Max, denk aan jezelf. Ik red me wel. Alsjeblieft.'

'Wat moet ik nou?'

'Laat oom Ed me helpen, alsjeblieft, ik wil dat jij thuis bent, bij Nora, bij Elsie. Wil je dat voor me doen?'

Hij zwijgt. Ze maakt zich los.

'Je hebt me niet nodig,' zegt Max, 'maar dat geeft niet.' Hij probeert niet boos te klinken. Hij kijkt langs haar naar zijn oom, die nu heel duidelijk zijn oom is en niet zijn vader, hij staat aan het aanrecht, wast de borden af alsof hij daar thuis is.

'Hij woont daar niet,' zegt Max.

'Jij ook niet,' zegt zijn moeder, 'en ik straks ook niet meer. Ga naar huis, Max. Dat zou papa ook willen.' Nooit eerder heeft ze dat argument durven gebruiken.

Gerrit gaat nu naast zijn vrouw staan en samen kijken ze hoe hun zoon zich lijkt te realiseren dat zijn ouders gelijk hebben.

Max glimlacht naar hen, draait zich van hen af en loopt weg zonder nog om te kijken.

Ja! roept Gerrit naar God, hij gaat naar huis! Kijk! In zijn enthousiasme vergeet hij dat hij liever niet tegen God praat. Dat hij ook na zijn dood vastbesloten was Hem te ontkennen, op zijn minst te negeren.

Johanna blijft staan tot haar zoon uit het zicht is verdwenen. Zij zal zich straks niets meer herinneren, haar man niet, zijn ziekte niet, zijn dood niet, maar haar zoon moet nog veel langer met zijn herinneringen doen.

Max was gelukkig geweest, zolang hij maar geloofde dat zijn moeder dat ook was, ergens ver weg op een paradijselijk eiland in de zon.

Nora maakt zich zorgen om Max. Hij zal zich schuldig voelen om hoe hij tegen haar deed. Dit gedrag is niks voor hem. Ze moet hem laten weten dat ze er is voor hem. Hij heeft haar nodig want zij is de enige die hem dit kan vergeven.

Als hij eindelijk thuiskomt wil ze blij zijn. Vlak voordat de deur opengaat is ze dat ook. Zodra ze zijn gezicht ziet weet ze het niet meer. De laatste weken gaat het steeds zo: ze verheugt zich op zijn thuiskomst en als hij er dan is weet ze niet meer waar ze zich op heeft verheugd. Met hem in huis is er een zwaarte die er zonder hem niet is. Ze wijt het aan zijn moeder, de toestand, zijn zus – hij kan het niet helpen.

Max lijkt nog steeds boos. Misschien kan zij de leverancier van de goede emoties zijn, de verantwoordelijkheid voor al het goede op zich nemen. Liefde die al het harde doet smelten.

Naïef en vastberaden zegt ze: 'Ik ben blij dat je terug bent.'

Die hele week komt en gaat de koppijn. Zijn vrouw en kind zijn zo zoet als engelen. Die gelukkige gezichten in een licht huis zijn de solide waarheid geweest de afgelopen jaren, maar nu vraagt Max zich af hoe hij dat altijd zo gemakkelijk heeft kunnen geloven.

Een week lang spreekt hij zijn moeder niet, noch zijn zus of oom.

Nora is op haar hoede, maar ziet langzaamaan de vertrouwde man terugkomen en zijn agressie wordt een incident.

Op een ochtend kijkt Max naar zijn dochter, die haar veters zelf probeert te strikken, en zegt: ‘Ik laat haar, ze zoeken het maar uit.’ Het duurt even voor Nora begrijpt dat hij het over zijn moeder heeft.

‘Het lukt niet,’ zegt Elsie.

Nora helpt haar dochter met de veters en Max zegt: ‘Eigenlijk is er niets aan de hand.’

Jennie was net een maand samen met Peter toen hij op medische stagereis ging naar Tanzania. Het plan was dat hij na afloop van de stage nog een maand zou rondtrekken, maar hij brak zijn enkel, en omdat zijn eigen woning nog is onderverhuurd trekt hij nu tijdelijk bij Jennie in.

Ze hebben plotseling zoveel tijd samen in haar kleine appartement, kennen nog zo weinig van elkaar, dat ze urenlang praten. Veel anekdotes zijn nog nieuw, herinneringen worden voor het eerst gedeeld. Met z'n tweeën op haar zolderetage spreken ze over Jennies familie. Zetten de feiten op een rij, maken samen een dossier. Maken een lijst met namen van betrokkenen. Googelen de namen die ze tegenkomen. Komen erachter dat niet alleen de huisarts maar ook de schouwarts is overleden. Het belooft niet veel.

Peter wacht haar op als ze terugkomt van haar eerste gesprek bij de recherche.

'Het is fijn om niet alleen te zijn,' zegt ze tegen hem en ze biecht op dat ze in haar verklaring heeft laten opnemen dat er ernstige geruchten gingen dat Ed verliefd was op hun moeder.

'Ik geloof daar zelf helemaal niets van,' zegt Jennie, 'maar ik moet niets verzwijgen, toch?'

Gerrit ziet mensen die hij niet kent, maar die aan hem denken. Ze zijn belast met zijn dossier.

'Gerrit Johansen,' typt een vreemdeling. Gerrit zou zich aan hem voor willen stellen. Hij voelt zich behoorlijk onthand. Ontlijfd.

Hij ziet de woorden verschijnen in het dossier van Gerrit Johansen, die ervoor zorgen dat hij voorlopig niet vergeten wordt: 'Onvolledig getuigenverhoor – Onvolledig onderzoek plaats overlijden – Geen onderzoek lichaam.'

Hij hoort de woorden die niet in het dossier terechtkomen, zoals 'de twijfelachtige reputatie' van de overleden schouwarts. Niets wat bewezen is, dus niets wat genoteerd mag worden. Maar de wel en de niet opgeschreven woorden resulteren samen in de constatering, zwart-op-wit, dat er destijds een 'te snelle conclusie' is getrokken.

Gerrit geniet van de aandacht maar vreest de gevolgen.

Zeker als hij de vragen hoort: 'Waarom zijn de foto's van de forensische opsporing op de verkeerde plek terechtgekomen en door wie?' – 'Waarom heeft de broer die aanwezig was zich niet bij de politie gemeld?' – 'Waar ging de ruzie over die voorafgaand aan het overlijden tussen broer en vrouw heeft plaatsgevonden?' – 'Wat speelde er tussen de vrouw en de broer? Kloppen de geruchten?' Het bewijst weer eens allemaal niets, maar het zaait net genoeg twijfel.

Wanneer ze Jennie laten weten dat er een onderzoek komt, is ze wederom blij dat ze niet alleen is. Ze vertelt het Peter.

Hij trekt zonder overleg een fles champagne open en haar gevoel neemt een scherpe bocht: was ze maar alleen.

'Op je vader,' zegt Peter.

Zij zegt niets meer.

Gerrit zegt: Proost. Hij heeft met de jongen te doen.

Als Peter nog slaapt belt Jennie vroeg in de ochtend haar moeder om te vertellen dat er mensen met haar en de andere betrokkenen komen praten.

Ze informeert Max, die alles aanhoort en alleen maar zegt: 'Dat moet dan maar.'

Peter wordt wakker en hoort hoe ze de buurvrouw waarschuwt dat ze haar gegevens door heeft gegeven aan de recherche. Alleen nog oom Ed bellen.

Oom Ed belooft 'volledige medewerking' en vertelt haar vrolijk dat het een stuk beter met haar moeder gaat, nu ze weer gewend lijkt in haar eigen huis is ze helderder dan ooit.

Nog diezelfde week belt haar moeder en zegt: 'Ik heb me aangemeld bij het verpleeghuis.'

'Aangemeld?' vraagt Jennie, en ze kijkt Peter aan.

'Of ingeschreven. Ik sta op de lijst.'

'Waar dan?'

'Ik heb een folder, moet je maar 's komen bekijken', en dan meteen: 'O ja, die meneer van de politie was hier maandag.'

Hoe het was?

'Een hele attente man, begripvol. Heel netjes allemaal.'

'Netjes?' vraagt Jennie.

'Ja.'

'Wat bedoel je met "netjes"?'

'Gewoon netjes, geen impertinente vragen.'

Jennie moet plotseling lachen om de absurditeit en roept uit: 'Hoe kun je nou een moord onderzoeken zonder impertinente vragen?'

'Jennie,' zegt haar moeder, 'dat meen je toch niet, dat je denkt dat papa is vermoord?'

'Het was maar een grap, sorry, stomme grap, ik bedoel dat zij … alle mogelijkheden moeten openhouden, ook wat niet voor de hand ligt, dat is hun vak, dus …'

'Dat meen je toch niet, Jennie?'

Jennie wil niet te erg liegen en zegt dan: 'Soms ben ik bang dat oom Ed … Heeft Ed al met de politie gepraat?'

‘Ed,’ roept Johanna nu, ‘jij moet toch volgende week met die man praten?’

Jennie schrikt, alsof hij ook mee heeft geluisterd.

‘Ja,’ hoort ze hem zeggen, ‘is dat Jennie? Doe je haar de groeten?’

De week erop wordt ze uitgenodigd voor een etentje met oom Ed en haar moeder.

‘Misschien kan ik meegaan,’ zegt Peter, ‘je familie ontmoeten.’

En Jennie zegt net iets te snel: ‘Dat is veel te veel gedoe met je enkel.’

‘Waarom we jullie wilden spreken …’ zegt oom Ed. ‘Er is een plek voor jullie moeder in het verpleeghuis.’

‘Wat bedoel je met “een plek”?’ vraagt Max.

‘Ze kan direct terecht.’

‘Direct?’ vraagt Jennie.

‘Nou ja, deze maand.’

‘Dat snap ik niet, er zijn toch wachtlijsten?’

‘Ik ken mensen,’ zegt Johanna.

‘Daar gaat het niet om,’ zegt Ed.

‘Hè,’ zegt Max, ‘het gaat toch goed met haar nu?’

‘Ja,’ vult Jennie aan, ‘je zei dat ze juist …’

‘Oom Ed kan hier niet eeuwig blijven,’ onderbreekt Johanna haar, ‘en ik kan … echt niet meer alleen wonen.’ Ze is zichtbaar nerveus, maar niet echt verward.

‘Jullie zijn hier niet altijd, jullie weten niet wat er allemaal gebeurt als jullie er niet zijn.’

‘Ik begrijp de haast niet,’ zegt Jennie.

‘We moeten er nog op bezoek gaan,’ zegt Johanna.

‘Wanneer dan?’ vraagt Max.

‘Ik kan hier ook niet eeuwig blijven,’ zegt oom Ed.
‘Nee,’ zegt Max, onverwacht fel, ‘dat gaat niet gebeuren.’
‘Het gaat niet langer,’ zegt Ed.
‘Ik woon om de hoek!’
‘Ik begrijp dit ook niet,’ zegt Jennie.
‘Ik kan bijspringen,’ zegt Max, ‘ik ben er in vijf minuten.’
‘Daarom,’ zegt Johanna.
‘Mama,’ zegt Max, ‘ik help je.’
‘Nee, Max, dat hoeft niet.’ Ze klinkt streng.
‘Ik wil je helpen, mama.’
‘Nee.’
‘Ik begrijp het niet,’ zegt Jennie.
‘Kijk naar Max,’ zegt haar moeder, ‘zie je broer.’
Max is rood geworden.
‘Oom Ed gaat naar huis, jij gaat naar Groningen en Max … Je weet hoe Max is.’
Iedereen kijkt Max aan. Ineens is hij het probleem geworden.
‘Max woont te dichtbij,’ zegt Ed tegen zijn nichtje, ‘die zal elke dag komen controleren hoe het met haar gaat, die komt voor haar koken, die blijft een keer slapen omdat ze in de war is, zijn vrouw begrijpt het wel, voor even … totdat je moeder geen uur meer alleen durft te blijven, en Max zijn gezin en zijn werk verwaarloost …’
‘Nou ja,’ zegt Max.

‘Max,’ zegt Johanna, ‘je weet hoe je bent.’

‘Jullie moeder en ik, we hebben dit uitgebreid besproken.’

Johanna legt een hand op haar zoons arm. ‘Maxi,’ zegt ze, ‘jij moet niet voor mij zorgen. Jij hebt een eigen leven.’

Hij was vergeten dat ze hem vroeger Maxi noemde. ‘Er is niet zoveel mis met jou, mama, sinds je thuis bent gaat het juist steeds beter.’

Johanna kijkt naar Ed. ‘Ik … verplaats dingen, toch, Ed?’

‘Max, je moeder loopt bloot door de tuin ’s nachts.’

‘Dat is alweer weken geleden!’ roept Max.

‘Max,’ sust zijn moeder, ‘rustig.’

‘Ze heeft bij de buren in de tuin zitten plassen.’

‘Zo praat je niet over mijn moeder!’

‘Ze kan het hebben,’ zegt Ed, ‘jouw moeder is veel sterker dan je denkt.’

‘Dat is ze niet, ze is niet sterk, je vergist je.’

Johanna pakt haar zoon bij de hand. ‘Het was niet bij de buren, hoor, Maxi, het was niet bij de buren.’

‘Het was wel bij de buren, Johanna.’ Ed kijkt haar vorsend aan.

‘O ja,’ zegt ze snel, ‘wel bij de buren.’

‘Mam, maak je geen zorgen.’ Max aait haar over haar wang.

Maar zijn moeder klinkt nu angstig: ‘Ed heeft gelijk. Ik kan beter verhuizen, ik wil ook verhuizen. Dat is beter, Maxi. Ergens waar ze voor mama zorgen.’ Ze neemt zijn hand die over haar wang aait in de hare, neemt zijn beide handen en kijkt hem strak aan. 'Het is goed zo, jongen.'

Jennie begrijpt niet wat hier gebeurt, maar Max wordt nu kalm en knikt.

'Oké,' zegt hij.

Zijn moeder glimlacht geruststellend naar hem. Zijn zus is met stomheid geslagen.

Max staat op, zijn moeder staat ook op, omhelst hem, fluistert iets in zijn oor. Hij maakt zich los en loopt de kamer uit, het huis uit.

Jennie is roerloos blijven zitten. Haar moeder en oom negeren haar. Vanuit haar ooghoek ziet ze dat haar moeder bezig is bij het aanrecht, hoe haar oom iets in een stapel papieren zoekt.

Ineens mist Jennie Peter. Ze zal hem straks navertellen wat hier gebeurde. Ze herhaalt de zinnen die ze net heeft gehoord woord voor woord in haar hoofd. Ze concentreert zich alsof ze een geheugenspel speelt, om alle woorden exact en in de juiste volgorde te herhalen.

Ze stelt zich het aandachtige gezicht van Peter voor terwijl ze hem vertelt:

'En toen zei mijn moeder: "Kijk naar Max."

En hij wordt heel rustig en hij zegt: "Oké", en hij staat op en hij loopt weg.'

'Hij loopt gewoon weg,' vraagt Peter, 'zonder iets te zeggen?'

'Hij loopt gewoon weg. Dat was het.'

Haar moeder legt de folder van verpleeghuis Aurora weer op tafel.

'Ze hebben een zwembad,' zegt ze.

Jennie knikt beleefd en stelt zich het gezicht van Peter voor met een blik die erkent: natuurlijk is dit niet te begrijpen, dat ligt niet aan jou, ik snap het ook niet.

W*at als er niets aan de hand is?* probeert Max weer als hij naar huis loopt.

Zijn moeder omhelsde hem nog voor hij wegging en fluisterde in zijn oor: 'Dit is niet jouw probleem.' *Niet mijn probleem, niet mijn probleem.* Op die melodie loopt hij. *Niet mijn probleem.*

Hij loopt langs zijn werk en wou dat hij daar naar binnen kon. Dat hij enkel zijn collega's nauwelijks zichtbaar toe hoeft te knikken als hij de kantine in loopt. Ze zijn het gewend. Ze vallen hem niet lastig. Hij mist ze.

Dat Max zo op zichzelf is, zijn collega's op afstand houdt, dat heeft zijn vrouw nooit vreemd gevonden. Zij redeneert: zijn vader heeft hem met zijn zelfgekozen dood verlaten, zoiets traumatiseert een mens, hij maakt liever geen vrienden, hij geeft zichzelf niet.

Maar Max ziet dat zelf niet zo, al is het wel zo eenvoudig om dat anderen te laten geloven. Het houdt hun interesse beschaafd, terughoudend. Als mensen al iets durven vragen hoeft hij maar te zeggen: *Ik heb hem gevonden*. Het is een zin die geen uitleg vergt. De mensen vragen niet verder. Het is niet helemaal de waarheid, maar *shhh, shhh*, hij snoert zijn eigen gedachten de mond. Als hij zichzelf dreigt te willen tegenspreken denkt hij: Shhh shhh, ik wil het er niet over hebben.

Hij weet nog heel goed hoe zijn vader eruitzag toen hij net dood was. Die open mond, waardoor zijn geest leek te zijn ontsnapt.

De jongen keek om zich heen, alsof hij de geest van zijn vader nog kon zien, tegenhouden. Het keukenraam stond op een kier. Zijn vader was weg. Dat leek allemaal volkomen logisch. Zijn ogen gingen terug naar zijn vaders lichaam. Zijn vader was bij leven al zo levenloos, en toch was het verschil met het echt dode lichaam enorm. Dat trof hem zo dat hij maar bleef kijken, hij wilde weten wat nou precies het verschil was. Hij kon het niet benoemen, maar kon alleen maar zien: hij is weg, er is niets meer. Er was opluchting.

Tot hij zijn moeder zag en haar angst en paniek en hij begon te begrijpen dat zijn vaders dood niets oploste, dat het ongeluk van zijn moeder gewoon doorging, of erger: nu pas echt begon?

Hij had zo zeker geweten dat het zijn vader was die haar ongelukkig maakte, maar na zijn dood zag hij haar angstiger worden, krimpen bijna. Een deel van haar was met hem gestorven. Alsof ze aan haar man al die tijd had willen tonen dat zij wel sterk was, dat zij het wel redde. Nu die man haar niet meer zag, leek haar hele noodzaak om sterk te zijn te verschrompelen.

Max begreep dat het nu zijn beurt was om sterk te zijn. Zijn moeder had zijn hulp meer dan ooit nodig.

Toch werd het voor Max gemakkelijker. Zij was gewoon een moeder die vaak moe was en even vaak verdrietig. Zo anders dan bij zijn vader kon hij haar verdriet en vermoeidheid begrijpen of op zijn minst volgen, en er waren ook goede uren.

Dat ze na haar werk, na het koken en het naar bed brengen van een onmogelijke vijfjarige weer beneden aan de smerige keukentafel ging zitten, haar hoofd even op haar armen legde en zo in slaap viel, dan was dat te begrijpen. Dan ruimde Max op. Als ze moest huilen omdat haar dochter had geroepen dat ze haar vader terug wilde, was dat ook te begrijpen.

Zoals Max zijn moeder dacht te begrijpen, begreep Johanna haar dochter.

Als Jennie een vlek maakte op haar kleurplaat schreeuwde ze: 'Zie je nou wel, alles gaat mis', verscheurde het papier en ging kreunend op de grond liggen. Johanna keek ernaar en greep niet in. Van elke emotie die Jennie voelde, voerde ze een show op. De emoties waren oprecht, de show was buitenproportioneel. Jennie vond het heel normaal om te zeggen dat ze dood wou omdat ze een lekke band had. En als ze even later niet meer dood wou, wou ze naar de speeltuin. Als dat niet mocht, dan was het leven weer 'onverdraaglijk'. Ze gebruikte alle woorden die niet bij haar leeftijd hoorden, alle woorden die haar moeder voor zich hield.

Maar hoe kalmer Johanna bleef, hoe hysterischer Jennie werd: 'Dit is de ergste dag van mijn leven!' Het putte haar moeder uit.

En als Johanna maar een zucht liet ontsnappen, schreeuwde het kind: 'Je zucht, je haat me, je haat me en je hebt gelijk, ik ben een vreselijk kind, ik ben een aansteller, ik haat mezelf!'

Max verafschuwde die emotie-expositie.

Johanna keek naar het kleine monster alsof het van porselein was en durfde niet in te grijpen. Er mocht niets meer worden gebroken. Een moederlijk misverstand.

Toen Jennie ouder werd, was ze gelukkig steeds vaker weg, speelde bij vriendinnen. Was bij andere mensen thuis een voorbeeldig kind.

Johanna durfde vaker aan haar vermoeidheid toe te geven. Ze viel soms in slaap op de bank nog voor ze moest gaan koken. Op een gegeven moment begon Max zelf maar voor het eten te zorgen. Ze liet hem.

Hij voelde zich sterker dan zijn moeder. Dat was niet erg. Haar kleinheid redde hem. Voor haar moest hij sterk zijn, dus was hij dat. Op zijn dertiende was hij ook fysiek groter dan zijn moeder.

Toch was er een mentor op zijn middelbare school die het kind zag dat hij ook nog was en met hem over zijn thuissituatie wilde spreken. Hij had gezien dat Max in de schoolpauze boodschappen deed voor het avondeten.

Hij vroeg hem op een dag op zijn kantoor en zei dat Max eigenlijk te jong was om zijn moeder zoveel te helpen, dat dat te veel gevraagd was voor een kind.

Eerst begreep Max hem niet. 'Wat doe ik dan?' vroeg hij.

De man wees naar een prei die uit zijn schooltas stak: 'Je zorgt voor je moeder en je zusje.'

'Kookt u nooit?' vroeg Max.

'Ik ben dertig,' zei de man.

'Ja, en?'

'En dan nog kook ik niet elke dag,' lachte hij, en Max dacht: Waarom lijkt hij daar trots op? Waarom brengt hij zwakte als een goeie grap?

'Maar waarom kookt u niet elke dag?'

'Ik heb het aan het einde van de dag weleens gehad, dan ben ik er klaar mee.' Weer die lach. Zijn vader had het vaak om negen uur 's ochtends al wel gehad met de dag, maar nooit had Max daar om moeten lachen.

‘Is er iemand die voor u kookt?’ vroeg hij.

‘Daar gaat het niet om, Max, het gaat erom dat jij nog jong moet kunnen zijn.’

‘Ja,’ zei Max, ‘ik ben niet moe, mijn moeder wel.’

‘Wat ik bedoel is: je hoeft niet altijd sterk te zijn.’

Max wilde weg uit het kantoor van de mentor. De man die hem zwak wilde maken. ‘Ik begrijp wat u zegt,’ zei hij, pakte zijn schooltas en vertrok.

Max is bijna thuis. Liever zou hij teruglopen, ingrijpen, de zaken regelen, koken. Nee. Niet doen. Het is anders nu. Hij is niet nodig. Alles wordt geregeld.

Hij loopt verder, maar te hard nu, alsof hij ontsnapt. Rustig nu, normaal lopen. Hij ontsnapt niet. Hij gaat gewoon naar huis, waar hij hoort. Moeder wordt verzorgd. Ed zal alles afhandelen, die is daar goed in. Moeder gaat naar een instelling en heeft daar vrede mee, alsof ze terug naar Ibiza gaat, maar dit eiland heet Aurora.

De voetstappen van Max zijn te licht, alsof hij elk moment de grond onder zich kwijt zal raken. De lichtheid maakt hem duizelig, zijn voeten raken de aarde nauwelijks. Max loopt verder, maar de aarde houdt op. Misschien is dat niets om je zorgen over te maken, en is dit gewoon het einde van het verleden.

In een trein die haar van haar ouderlijk huis en het verleden vandaan rijdt belt Jennie Peter.

'En mijn moeder zegt: "Ze hebben een zwembad."'

'En toen was je broer al weg?'

'Ja, dus ik vraag: "Wil jij nou echt al naar die plek, of is het omdat je ons niet wilt belasten?" Zegt ze: "Het is al besloten." Ik zeg: "Door wie?" Zegt ze: "Ik snap best dat je het moeilijk vindt, misschien moet je er met iemand over praten." Ik zeg: "Ik praat nu met jou, toch!"'

Pas als Jennie heeft opgehangen beseft ze dat ze helemaal niet heeft gelet op Peters reactie. Hoe kun je iemand zo graag iets willen vertellen en dan niet bezig zijn met hoe het aankomt? Interesseert het haar eigenlijk wel echt iets wat Peter ervan vindt?

Ik kan het ook niet, denkt ze, relaties. Zo'n vage algemene gedachte is geruststellender dan beseffen dat het je geen hout interesseert wat je partner denkt.

Mijn oom, denkt ze, mijn oom, daar dacht ik aan. Ja, ze denkt nu liever aan hem.

Kijk, zegt ze tegen zichzelf, sinds het onderzoek wordt mama onder druk van oom Ed wel in heel rap tempo richting wilsonbekwaamheid gedreven. Ze wordt opgenomen, de mond gesnoerd, en de kinderen worden erbuiten gehouden. En nu heeft oom Ed haar naar het station gebracht. Ja, die zorgde er wel voor dat zij de trein niet miste. Waar bemoeit de man zich mee?

Ze weet ook dat ze eigenlijk niet eens close waren vroeger, haar oom en haar vader. Hoe ongepast is het dus dat hij zich toen en nu als verzorger opdringt?

Gerrit lacht om de manier waarop ze alles aangrijpt om zijn broer te veroordelen.

Natuurlijk, zegt hij tegen haar, wat zou het fijn zijn als oom Ed de schuldige is. Natuurlijk kun je het onderzoek alleen aan met hem als persoonlijke verdachte. Je hebt welbeschouwd geen keus. Je kunt niet verder met het idee dat je moeder mijn dood heeft veroorzaakt of, erger, je broer toen hij tien was, en mij wil je nog steeds niet zien als … als …

Gerrit kan de woorden niet vinden voor iemand die niet wil leven. Hij wil ze niet vinden. Teruggaan naar zijn gedachtegang van toen is teruggaan naar dat gevoel. Dood zijn is zoveel beter dan dood willen zijn.

Ook hij denkt nu liever aan Ed. Ach, Ed.

Arme broer, zegt Gerrit tegen zijn arme broer.

Eds grootste handicap is dat hij denkt dat hij mensen moet helpen. Al die jaren dat zijn broer ziek was kwam Ed regelmatig langs om voor de familie te koken, boodschappen te doen, op te passen, terwijl hun contact voor Gerrits depressies armzalig was. Maar de ziekte van zijn grote broer deed hem rennen, helpen en zorgen.

Toen hij ermee door wilde gaan na Gerrits dood werd Johanna daar maar ongemakkelijk van.

Gerrit zag het aan. Hij dacht altijd dat zijn broer niets aan hem had gehad, maar pas toen hij dood was, zag hij hoe zinvol hij voor hem was geweest. Met zo'n zieke broer accepteerde iedereen Eds hulp. Maar na Gerrits dood werd Ed subiet overbodig. Uit beleefdheid en respect hield Johanna nog even contact. In een aardig tempo probeerde ze het af te bouwen, met gepaste schuldgevoelens.

'Ach, zo'n contact verwatert, dat begrijpt iedereen,' zeiden ze tegen haar, 'zo gaat dat.'

Maar Ed was zo stom om te blijven komen. Het leek hem het juiste om te doen. 'De goede moraal,' noemt Ed dat. Maar omdat hij een van de weinigen is met zo'n 'goede moraal' vinden ze hem vooral raar, of slecht. Er moet eigenbelang achter die goede daden zitten. Al snel gingen de geruchten dat hij achter de vrouw van zijn broer aan zat. En al vond Johanna dat onzin, als maar genoeg mensen tegen je zeggen dat je 'niet naïef' moet zijn, is het snel bekeken met het vertrouwen op je eigen gevoel.

Uiteindelijk had ze hem gevraagd niet meer zo vaak te komen. Ze moesten zelf hun leven weer oppakken.

'Bang dat het verplichtingen schept.' – 'Wil geen verwachtingen scheppen.' Ed werd geleidelijk aan geweerd, het gezin moest zonder hem verder en Ed verloor niet alleen zijn broer, maar ook zijn schoonzus en zijn neef en nicht. Want zo gaat dat. Dat begrijpt iedereen. Alleen Ed niet.

Het is Ed vaker overkomen. Hij heeft niet het idee dat hij zelf de aanstichter is van gewonnen en verloren vriendschappen, hij helpt gewoon weleens iemand. Zo heeft hij lang zijn zieke oude buurvrouw verzorgd die door haar kinderen werd verwaarloosd. Ed vond wat hij deed niet meer dan normaal. De kinderen zochten er wat achter. De buurvrouw overleed en op de begrafenis werd Ed genegeerd. Dierbare familieleden die de vrouw nauwelijks bezochten, gaven toespraken met mooie herinneringen van lang geleden. Niemand die stilstond bij haar laatste jaren, tijd die ze doorbracht met buurman Ed, die haar romans voorlas.

Ach ja, dacht Ed, zo gaat dat, de mensen zijn ondankbaar. Maar met die constatering had hij geen probleem. Wat hem stak was dat de mensen zijn bedoelingen verkeerd uitlegden. Wat zeer deed was dat ze hem als buitenstaander gemakkelijk konden beschuldigen.

Dus als hij die ochtend zijn nichtje behulpzaam naar het treinstation brengt, enkel omdat hem dat wel zo voorkomend lijkt, is het voor Jennie duidelijk dat hij haar zo snel mogelijk weg wil hebben.

Gerrit ziet het gebeuren en roept tegen zijn broer: Ga iets leuks doen, man! Even lijkt het alsof Ed zijn broer hoort. Hij rijdt niet terug naar Johanna, maar neemt fluitend de afslag naar het tuincentrum om … plantjes te halen voor op het graf van zijn broer.

Dit meen je niet, zegt Gerrit.

Iemand moet het doen, zegt Ed. De tragiek van zijn leven; Iemand moet het doen. Iemand moet het gedaan hebben, iemand moet de schuld krijgen. Eds naam zou Iemand moeten zijn.

Het graf is lang door Max onderhouden, sober maar netjes. Maar de laatste maanden heeft hij zich er niet meer toe kunnen zetten erheen te gaan. Nu tiert het onkruid welig. Ed trekt het eruit, schoffelt en bedekt de hele oppervlakte met het paarse zodeklokje. Een uitstekende grafplant.

Gerrit moet toegeven dat het er vrolijk uitziet, maar zegt toch: Godverdomme, Eddie, ga iets doen, voor jezelf. Wij willen jou niet dankbaar zijn.

Is dat nodig? vraagt God vriendelijk, die vloek?

Meteen schaamt Gerrit zich. Zo gastvrij als hij hier is

ontvangen, zo onbeleefd gaat hij met de plaatselijke etiquette om.

Gerrit is altijd erg op manieren gesteld geweest. Tegelijkertijd vindt hij het nog steeds moeilijk om als levenslange atheïst na zijn dood alsnog met God rekening te moeten houden. Hij probeert Hem te ontwijken voor zover dat gaat. Hij heeft nooit om een hiernamaals gevraagd. Niet dat hij iets heeft te klagen over dit vakantieoord, maar het was niet zijn keuze om hier te komen, dus waarom zou hij God dankbaar moeten zijn?

En Gerrit denkt plots: God is net als Ed. Iemand die alles voor je doet, of je het nou wil of niet. Iemand die je maar blijft lastigvallen met zijn goede daden, iemand die je niet dankbaar wilt zijn, maar je moet wel.

Is mijn broer God? vraagt Gerrit hardop.

God zegt: Jouw broer is een mens.

De zoon van God? vraagt Gerrit.

God zegt niets meer. Hij heeft het druk.

Gerrit kijkt naar zijn broer, die welbeschouwd de zoon van God zou kunnen zijn. Welke belofte houdt dat voor Gerrit in?

Arme Eddie, die nu naar de bakker is gereden en tevreden mokkagebak bestelt. Voor Johanna natuurlijk. Johanna houdt van harde mokka's, maar zeker niet van mokkaschuimgebak. Gerrit heeft zich daar vroeger vaak in vergist, hij verwacht dat zijn broer hetzelfde doet. Maar nee.

'Mokkagebakjes,' zegt Ed als hij thuiskomt met de doos in zijn handen.

Johanna glimlacht matjes en verwacht het plakkerige schuimgebak. Maar als ze de doos opent ziet ze precies de juiste mokkagebakjes, die ze al in geen tijden meer heeft gegeten, en ze roept opgewonden: 'De goeie, het zijn de goeie!' Het gebeurt haar de laatste tijd steeds vaker dat ze zo blij wordt van eten, of liever van snoep, van chocola, van limonade zelfs.

'Eindelijk heb je een keer de goeie gehaald.'

'Ik haal altijd de goeie,' zegt Ed, 'ik weet van welke taartjes je houdt.'

'Nee, jij komt altijd aanzetten met die vieze schuimtaarten.'

'Wie ben ik?' vraagt hij.

'Jij bent de liefde van mijn leven.'

Ed ziet dat ze de waarheid spreekt, ze houdt van hem, want ze denkt dat hij zijn broer is. Ze eet en knoeit. Mokkacrème naast haar mond. Ze ziet er gelukkig uit. Waarom zou hij dat haar ontnemen? Hij is zijn broer, maar jonger, opgewekter, en hij haalt het juiste gebak. Misschien kan hij het allemaal voor haar goedmaken. Niet dat hem dat aanlokkelijk voorkomt. Anders dan wat mensen vaak hebben gedacht, zelfs hardop gesuggereerd, koestert hij geen romantische gevoelens voor de vrouw van zijn broer. Nooit gedaan. Maar wat als hij het is die haar nu gelukkig kan maken? Ook al ziet ze in hem een ander? Juist daarom. Hij hoeft alleen maar het dienstbare instrument te zijn.

’s Avonds zegt Peter tegen Jennie: ‘Je hebt het steeds over je oom, maar je bent ooit aan deze hele heisa begonnen omdat je dacht dat je moeder je vader iets had aangedaan.’

‘Niet.’

‘O jawel.’

‘Nee, ik had twijfels over zijn zelfmoord, maar niet per se omdat ik dacht dat mijn moeder er iets mee te maken had.’

‘Dit is gewoon niet waar, je had het eerst alleen maar over je moeder.’

Vaag herinnert Jennie zich gesprekken waarin ze die optie had gesuggereerd. ‘Dat was dan voor je naar Tanzania ging,’ zegt ze.

‘Daarna ook nog.’

‘Nee. Ik zeg niet dat jij je het verkeerd herinnert, maar misschien heb je me verkeerd begrepen.’

‘Dat denk ik niet.’

Jennie zwijgt verontwaardigd. Ze is bang dat Peter gelijk heeft. Maar dat doet er niet toe. Hardop uitgesproken of niet, het zijn haar gedachten en ze wenst daar niet ongevraagd aan herinnerd te worden.

Ed kijkt hoe zijn schoonzus zit te slapen voor de televisie. Ze zal alleen nog wakker worden om naar bed te gaan. Het is alsof ze steeds vaker in een soort sluimerstand staat, met korte tussenpozen van helderheid.

Geregeld denkt Johanna dat hij zijn broer is. Hij is inderdaad op hem gaan lijken. Hij is nu al tien jaar ouder dan zijn broer was toen hij stierf, net zo mager als hij toen was. Ja, hij lijkt eigenlijk meer op zijn broer dan op zichzelf. Heel voorzichtig beginnen nu ook de trekken van zijn vader zichtbaar te worden. Dat had zijn broer vreselijk gevonden, als hij op zijn vader zou gaan lijken. Het is goed dat Gerrit de leeftijd van hun vader niet heeft hoeven bereiken.

Ed heeft er geen problemen mee dat hij ook zijn vader in de spiegel ziet.

De laatste tien jaar van hun leven had Gerrit geen contact meer met zijn ouders, Ed wel. Gerrit had in zijn jeugd iets te veel klappen gehad. Terwijl nakomer Ed, die min of meer door zijn broer was opgevoed, zijn ouders alleen had meegemaakt als vermoeide, versleten mensen, die waren niet eens meer in staat om een kind te slaan.

Ed voelde zich thuis bij hulpeloze mensen, want zo had het leven zich aanvankelijk aan de jongen gepresenteerd. Terwijl Gerrit altijd klappen bleef verwachten en wanneer die niet kwamen zichzelf er maar van langs gaf.

Veel had Ed niet aan zijn ouders gehad, maar veel had hij ook niet onder hen te lijden gehad. Toen hun moeder stierf waren de jongens beiden het huis uit. Ed vond dat natuurlijk 'een beetje verdrietig', maar niet veel meer dan dat. Haar leven was al lang weinig meer waard. Jarenlang alcoholmisbruik in combinatie met een verwaarloosde suikerziekte en een onmogelijk karakter. Eerst moest er een teen af, later een been. Ze werd in stukjes weggehaald.

Zoals haar man zei: 'Het was voor niemand leuk meer.' Gerrit maakte het alleen maar woest. Hij zag zijn moeders sterven als een daad, een zelfgekozen verwaarlozing, een langzame laffe zelfmoord.

Vader had jammer genoeg een sterk gestel en dronk gestaag door, maar tastte daar alleen zijn hersencellen mee aan. De laatste jaren van hun vaders leven was Ed de bewindvoerder van de man. Hij sleet zijn dagen in een proper verzorgingshuis en kreeg elke week zijn jongste zoon op bezoek. Hij stierf vredig in zijn slaap, vijf jaar na de dood van zijn vrouw.

Je zou denken dat het sterven van je ouders ook het verleden kan laten sterven. Maar het is steeds weer hetzelfde liedje: als het verleden jou loslaat, begin je vanzelf te zoeken waar het gebleven is. Gewend geraakt aan een last kun je niet meer zonder.

Nog geen maand na de dood van hun vader kondigde de eerste depressie van Gerrit zich aan. Hij had niets van zijn ouders willen erven. IJdele hoop. Maar die depressie verdween, werd weggezet als iets 'eenmaligs'. Een latere terugval sprak dat tegen, maar hijzelf verweet het de ongelukkige relatie die hij destijds had.

Ed, die nooit ergens van had hoeven weglopen, was in de bloei van zijn leven. De zorg voor zijn ouders viel weg, en hij werkte vooral. Tomeloze energie. Hij kon alles aan. Op de bank, waar hij creatief met geld schoof, waren ze blij met hem. Ambitieus noemden ze hem ook. Een van de vele misverstanden. Hij had geen enkele ambitie ergens te komen, iets te bereiken, hij had gewoon lol in het onmogelijke doen. Was als eerste op het werk, ging als laatste weg, zei nergens nee op, stopte nooit, of er moest geen werk meer te verzinnen zijn. Hij was sterk en goedgehumeurd.

Op een dag stopte hij met zijn werk bij de bank. Zijn collega's begrepen niet waarom.

Hij had zijn oudere broer opgezocht, die net als hij altijd van hard werken hield, maar rustiger aan was gaan doen nu hij een jong gezin had. Hij zou wat meer van het leven 'gaan genieten'. Maar in plaats daarvan kwamen de depressies terug.

De oerdepressie, het zaadje van de droefenis, was geplant na de dood van zijn vader, die niets had opgelost. Elke nieuwe droefheid voelde zich nu thuis in Gerrits lichaam.

Ed zag het aan en besloot dat hij beter eerder kon beginnen met het wennen aan een kalm leven. Dat hij nu nog flexibel was. Dat hij alles anders moest doen dan zijn ouders, anders dan zijn oudere broer.

Hij nam ontslag op zijn kantoor en ging werken voor de gemeentelijke plantsoenendienst. Het was nog niet eens gemakkelijk om daar een baan te krijgen. Hij was overgekwalificeerd. En waarom zou een man als hij daar willen werken? Daar moest iets achter zitten.

Zijn nieuwe collega's vertrouwden hem niet, hij sprak te beleefd, kleedde zich te netjes. Paste op geheel nieuwe wijze alweer niet bij de rest.

Ed weet niet beter. De voor hem zo gewone keuzes oogsten steeds weer verbazing. Maar de plantsoenen maken hem gelukkig. Elke dag maakt hij de stad mooier.

'S Avonds fietst hij soms langs zijn werkterrein. Hij moest

zich in het begin inhouden om geen troep op te rapen, onkruid uit te trekken. Hij wilde niet opnieuw verslaafd raken aan zijn werk, niet weer het onmogelijke proberen.

Johanna belde hem niet graag, maar vaak was hij de enige die ze kon bellen. Ze wilde haar oudste zoon niet opzadelen met de zorg voor zijn kleine zus, maar zijzelf was de kostwinner en niet altijd beschikbaar.

Ook liet ze haar kinderen liever niet alleen met haar man. Dan Ed maar. En die kon je na een dag oppassen niet zo naar huis sturen zonder hem mee te laten eten. En waarom niet blijven slapen? Die man moest anders nog zo'n eind rijden, en zo snel werd hij niet weer thuis verwacht, hij woonde alleen. Waarom Ed maar deeltijd werkte vroeg ze hem niet, bang om te horen dat dat om hen was, en dat wilde ze liever niet weten.

Max zei vaak dat er geen babysitter nodig was, hij wilde zijn oom niet steeds in de buurt. Maar Johanna vond Max al veel te volwassen voor zijn leeftijd, en zag Ed als een bescherming, een muur tussen hem en zijn zieke vader.

Max herkende al jong de radeloze blikken van zijn moeder als het haar te veel werd, als hij of, nog vaker, zijn zus lastig was, als het een troep in huis was, als zijn vader zijn eten liet vallen.

Dan keek ze niet haar man aan maar haar zoon en zei:

'Zal ik oom Ed maar bellen?' Dat was voor Max het sein dat zij het opgaf en dat hij had gefaald.

Toen Max interesse in tuinieren begon te krijgen had Ed enthousiast gereageerd en hem willen helpen. Maar de jongen had het zo nadrukkelijk afgehouden dat Ed begreep dat Max moest geloven dat zijn belangstelling alleen van hem was, niet aan zijn familie verbonden.

Ach, dacht Ed, net zoals zijn vader, niet willen weten dat je ergens vandaan komt. Nooit zouden ze samen over hun werk spreken. Hun gezamenlijke interesse werd niet benoemd.

Johanna ontwaakt uit haar sluimerstand, kijkt nog even mee naar een programma over de bouw van een dam in Brazilië.

'Knap wat ze allemaal kunnen,' zegt ze, 'ik ga maar eens naar bed.'

Ed brengt Jennie en Johanna met de auto naar het bos en zal hen later weer oppikken.

Jennie was liever met de bus gegaan, maar Ed heeft aangedrongen, zoals altijd, het was geen moeite en weigeren was pas echt vreemd geweest.

Pas als ze uitstappen zegt Johanna dat ze eigenlijk niet meer zo goed loopt. Ze heeft last van haar knieën.

'Een uurtje gaat toch wel?'

'Nee joh, ik kan geen uur lopen.'

Jennie kijkt haar oom aan, wist hij dat? Hij haalt zijn schouders op.

'We gaan toch geen uur lopen?' vraagt haar moeder nu.

Thuis leek ze nog heel helder, plots hier in het bos is alles weer anders. Jennie overweegt haar opties. Ze wil alleen met haar moeder praten, en tijdens het lopen hoeven ze elkaar niet aan te kijken, dat maakt het gemakkelijker. 'Als we nou gewoon een halfuurtje gaan?'

'Ik wacht hier wel,' zegt Ed, die eigenlijk boodschappen

zou gaan doen, ‘ik heb een boek bij me.’

‘Loop je niet mee?’ vraagt Johanna.

‘Gaan jullie nou lekker met z’n tweeën, ik wacht hier.’

Gearmd gaan ze het bos in, ze volgen de blauwe pijltjes, het kleinste rondje.

‘Hoe gaat het nu met je?’

‘Ik heb alzheimer,’ zegt haar moeder, ‘wist je dat al?’

‘Ja.’ Eigenlijk zou ze van het gesprek af moeten zien. Ze heeft dertig minuten.

‘Mama, als je mij nog iets wilt vertellen over papa’s dood, dan kan dat. Ook als je wilt dat ik het voor me houd.’

‘Ja.’

‘Ja?’

Ze wandelen in stilte verder. Net als Jennie denkt dat er niets tot haar moeder is doorgedrongen vraagt die: ‘Wat is er dan gebeurd?’

‘Soms denk ik dat oom Ed … Hij was erbij die nacht.’

‘Ik snap het niet.’

‘Ik weet dat het heftig is om te suggereren … maar … geef toe … je hebt zelf ook weleens gezegd dat het leek alsof hij wel heel graag bij ons was, na papa’s dood …’ Jennie vindt het nu langzaamaan wel een realistische optie.

‘Ik kan niet meer,’ zegt Johanna.

‘Vind je het moeilijk?’

‘Ik kan niet meer lopen, kunnen we terug?’

En dan keren ze maar weer om, en lopen naar oom Ed, die in de auto op hen wacht.

‘Mama,’ zegt Jennie, ‘je zegt iets niet, ik weet niet waarom, ik denk omdat je bang bent.’

‘Ja,’ zegt Johanna, want ze ís ook bang.

’s Avonds zegt Peter: ‘Daar zouden we het eerst nog over hebben, of je het met je moeder zou bespreken?’

‘Dat is toch mijn beslissing?’

‘Natuurlijk is het jouw beslissing, maar we waren er nog niet uit, dacht ik, of je moeder dat nog aankan.’ Al is hij nauwelijks ouder, hij praat alsof hij meer weet.

‘Waarom “we”?’

‘Dat heet een relatie.’

‘Ik had al besloten dat ik het nog een keer met haar wou bespreken.’

‘Nou, dat is wel duidelijk.’

Jennie ziet dat hij gekwetst is, wil sorry zeggen, maar weet eigenlijk niet waarvoor.

‘Het lijkt net alsof je me niet nodig hebt,’ zegt Peter.

Wat is daar problematisch aan, moet hij ‘nodig’ zijn?

‘En wil je haar dan ook vertellen dat je je oom serieus verdenkt?’

Ze slikt. Besluit dan maar keihard te liegen. Iets nieuws

voor haar. Maar sinds hun relatie zo intensief is geworden, lijkt het onontkoombaar. Die man stelt zoveel vragen, en het is niet dat ze liegen wil, of dat hij iets niet weten mag, maar haar denken is van haar, en niet een ruimte die hij op elk moment onaangekondigd mag betreden.

'Nee,' zegt ze.

En dan begint Peter zich hardop af te vragen of haar broer Max het heeft gedaan, als kind. Vadermoord.

'Ja,' zegt hij, 'dat zou alles verklaren', en iets te enthousiast begint hij zijn ideeën uiteen te zetten, alsof dit een leuk gezelschapsspel is en het niet om haar familie gaat. Ze luistert. Of ze wil of niet, ze hoort elk woord dat hij zegt.

De dag na de wandeling belt oom Ed haar op. Haar moeder is een uurtje wennen in Aurora. Voor Jennie kan vragen waarom ze haar dat gisteren niet hebben verteld, zegt oom Ed dat Johanna niet meer weg wil. Ze is op haar bed gaan zitten en weigert er nog af te komen. Wat het tehuis betreft mag ze blijven.

'Wat zeggen ze dan?'

'Ze zeggen dat we even een tasje moeten maken.'

Oom Ed wacht de kinderen op in hun ouderlijk huis. De koffer waarmee Johanna uit Ibiza kwam staat klaar met kleding en toiletartikelen.

'Ik heb maar vast wat verzameld,' zegt oom Ed, 'maar kijk gerust of ik iets vergeten heb.'

Natuurlijk is hij niets vergeten.

Max komt net van een klus een paar dorpen verderop en zegt: 'Dit komt echt heel slecht uit.'

'Nou ja,' zegt Jennie, 'voor hetzelfde geld valt ze er ineens dood bij neer, dat komt ook nooit goed uit.'

'Ja,' zegt Max, 'maar dan hoef ik er geen tas achteraan te brengen.'

'Misschien is het ook maar beter zo,' zegt oom Ed.

Beide kinderen kijken hem vragend aan en ook Ed weet niet meer waarom hij zojuist dacht dat het misschien maar beter zo was.

'Nou ja,' zegt hij, 'nou ja.'

Max loopt met de rolkoffer achter zijn oom en zus aan door de gangen van het verpleeghuis. Zijn oom draagt Johanna's dekbed, zijn zus de kussens. Op het laatst bedachten ze dat eigen dekens misschien fijn zouden zijn.

Max is niet voorbereid op Aurora. Terwijl ze daar in een kleine optocht lopen, door de deur met de code, langs de kleine kapel, langs de ruimte met de piano, langs de eerste gezamenlijke woonkamer, langs de kamers van de bewoners, weer een deur door, weer een gang, met die koffer en dekens, ziet hij zichzelf als het zoveelste familielid dat geliefde bezittingen het instituut binnendraagt. Max loopt langs de vaders en moeders die hier al jaren wonen, de mensen die ze straks zullen classificeren in verder-heen-dan-hun-moeder of minder-ver-heen. Hij ziet hoe een bewoner wordt geholpen met eten, in een flits komt zijn vader voorbij, die hij ooit heeft geholpen met eten. Hij bedwingt zijn tranen. Er huilen elke dag al genoeg mensen om dit verhaal.

Gerrit zegt tegen zijn zoon dat verdriet niet origineel hoeft te zijn, dat ook heel gewoon verdriet moet bestaan, omdat anders het grote niets je opzwelgt, maar Max loopt beheerst de kamer van zijn moeder binnen.

Ze zit op het bed. Jennie en oom Ed leggen de dekens erbij. De muren zijn beige, al had de folder ze 'champagnekleurig' genoemd. De schilderijen kunnen aan een draadje van het ophangsysteem. Geen gaten in de muur. De ramen kunnen niet open. Er is een heel goed ventilatiesysteem. Max zet de koffer neer en duwt het draagstuk ruw naar beneden.

'Voorzichtig,' zegt zijn moeder, alsof ze die koffer ooit nog nodig heeft. Het is een lelijke koffer, en de wieltjes draaien niet goed meer. Hij moet er voorzichtig mee zijn zolang ze leeft. De koffer hoeft alleen maar hier te blijven staan, en als zij haar laatste adem uitblaast mag het ding weg. Dan is zijn betekenis voorbij. Die gedachte besmet alle spullen hier. Hier. Hij denkt nog dat het aan deze plek ligt, dat Max met een groot vlakgom alleen hier alle betekenis aan het uitvegen is.

Johanna wijst naar het raam en zegt: 'Je kunt ver kijken hier.'

Max denkt dat als je ergens niet ver kunt kijken, het hier is, het einde is dagelijks in zicht. Hij gaat voor het raam staan. Het schemert al, nog even en hij ziet alleen zichzelf weerspiegeld in het raam, zijn ogen zijn vochtig.

'Gaat het, Maxi?'

Hij hoeft alleen maar hard te worden. Zoals hij zichzelf als kind trainde. Aan de films te denken die hij leerde verdragen. Aan de foto's in de oorlogsencyclopedie. Hij ziet de beelden weer en zijn ogen worden droog.

Was hij net nog een meer dat niet helemaal dichtgevroren was, nu hoort hij hoe de vorst de laatste gaten sluit, krakend tot de hele vlakte ijs is.

Zo voelt het als je hart bevriest, zegt Gerrit.

Maar Max heeft geen problemen met zijn hart, denkt hij. Het is zijn moeders hart dat hij moet beschermen. Zijn moeder, die hem troost door te zeggen dat het uitzicht mooi is.

'Om tien uur dan,' had Max gezegd, 'ik heb om negen uur ... iets, een afspraak.'

'Met de recherche?' raadde Jennie.

'Ja.'

'Is tien uur dan niet wat krap?'

'Hoezo?'

'We speken om twaalf uur af.'

Als Jennie om twaalf uur bij haar ouderlijk huis aankomt, is Max er nog niet. Als hij om half één arriveert maakt ze zich toch weinig illusies dat Max de politie meer te zeggen heeft dan hij haar ooit heeft verteld. Ze vraagt niet naar zijn afspraak. Ze vertrouwt erop dat nu een ander alle vragen stelt.

Max zet de kratten waar ze normaal planten in vervoeren op de keukentafel. Oom Ed opent een keukenkast.

Jennie maakt vijf categorieën kratten: een met de spullen die naar Johanna gaan, een met de spullen die Max wil hebben, een met die Jennie wil hebben, een voor de kringloop en ook een krat voor oom Ed.

De kratten van Johanna, Jennie, Ed en de kringloop raken langzaam gevuld. Na drie uur sorteren legt Max één eierprikker in zijn krat.

'De eierprikker?' vraagt Jennie. 'Dat is het?'

'Die hebben we niet,' zegt Max.

'Misschien wil je ook iets met emotionele waarde?' Jennie haalt een mandje uit de kast met daarin een verzameling eierdopjes en geeft ze aan Max.

'Als jij ze niet wilt,' zegt Jennie, 'neem ik ze.'

Max kijkt naar de houten eierdoppen, die geschilderd zijn als poppetjes. Twee van de poppetjes moeten matrozen voorstellen, een ander een kapitein, en een is politieagent. Max wilde altijd de politieagent, Jennie wilde de matroos samen met papa, mama was de kapitein.

Oom Ed stoft de leeggehaalde kastjes uit. Het ondankbare werk, maar zo is hij de kinderen het minst tot last.

'Weet je dat papa als de beste eieren kon koken zonder timer?' zegt Max. 'Hij wist precies wanneer ze zacht of halfzacht waren.'

'Nee,' zegt Jennie, 'dat wist ik niet, ik weet niets, jullie vertellen me nooit iets ... Ik weet dat we altijd een liedje zongen samen, papa en ik, dat is wat ik me het helderst herinner.'

Max lacht. 'Altijd,' schampert hij, 'dat is misschien één keer gebeurd.'

‘Zijn jullie de baas over mijn herinneringen?’

‘Jullie?’

‘Ja, jij en mama.’

Max legt de eierdopjes terug in het mandje en geeft ze aan Jennie.

‘Zo,’ zegt oom Ed, en vlijt de vaatdoek neer.

‘Hoe waren jullie vroeger eigenlijk, als jongens, samen,’ vraagt Jennie hem, ‘jij en papa?’

Ed zegt: ‘We moeten maar ’s afspreken.’

‘Ik vraag het je nu.’

‘Je vader was natuurlijk tien jaar ouder. Hij was meer een vaderfiguur voor me dan een broer.’

Max staat met het oude kinderbestek in zijn hand en Jennie zegt: ‘Je voerde hem, als een baby … Of wil je beweren dat ik dat ook maar verzin?’

‘Nee,’ zegt Max en hij herinnert zich hoe zijn vader soms zijn mond niet ver genoeg opendeed. Hij smijt het bestek in de krat voor de kringloop.

‘Dat kun je niet van een kind vragen,’ zegt Max, ‘dat-ie zijn ouders voert.’ De verbijstering komt twintig jaar te laat.

‘Niemand vroeg jou iets,’ zegt Jennie, ‘je deed het gewoon.’

Oom Ed doet alsof hij niet meeluistert.

‘Mij heb je nooit gevoerd,’ zegt Jennie.

‘Jij was al vroeg heel zelfstandig.’

‘Jullie zagen me niet.’

'Zit je nog in therapie?'

'Wat is dat nou voor reactie?'

'Ik stel gewoon een vraag.'

'Je bedoelt: val mij niet lastig, bespreek het maar met je psychiater.'

'Dus die zie je nog?' Vroeger zou de ruzie nu pas goed beginnen, maar Jennie kijkt hem zwijgend aan en Max denkt te zien dat ze hem een blik van medelijden geeft. Ze schudt heel langzaam haar hoofd en gaat zwijgend verder met het uitpakken van de kasten.

In de namiddag rijden ze met een aantal kratten, kleden en kleine meubelstukken naar Aurora.

Ed en Jennie zetten een paar kratten op Johanna's bed.

'Kijk wat we allemaal hebben meegenomen,' zegt Jennie vrolijk, 'het is net alsof je op kamers gaat.'

'Dat ga ik toch ook?' glimlacht Johanna – de kinderen hebben veel geruststelling nodig. Ze kijkt in een krat vol vertrouwde spullen in de vreemde ruimte. Wat die kinderen denken dat je nodig hebt! Ze ziet een kandelaar, alsof ze hier kaarsen mag branden, de lucifers zullen haar wel worden afgenomen. Ze vindt een pennenbak. Ze haalt de grote groene glazen asbak uit de krat.

'Wat moet ik daar nou mee?'

'Die staat er altijd,' zegt Jennie, 'dus ik dacht ...'

‘Ik rook niet.’

‘Het is toch fijn om je eigen spullen om je heen te hebben?’ zegt Jennie.

Johanna laat de asbak terug in de krat vallen. ‘Hoe kom je daar nou bij? Ik wil helemaal geen oude spullen om me heen. Ik wil alles nieuw.’

‘Je wilt alles nieuw?’ lacht Jennie terwijl ze een Perzisch tapijtje uitrolt.

‘Wat moet ik met die versleten troep? Haal dat ding weg, dat is vies, dat is oud. Doe maar weg, dat heeft nooit wat voorgesteld, dat is troep.’

Jennie rolt beteuterd het kleedje weer op. ‘Ik dacht dat je daaraan gehecht was.’

Max haalt een Chinese vaas uit een doos.

‘Vind je ’m mooi?’ vraagt Johanna.

‘Heel mooi,’ zegt Max gedwee.

‘Neem maar mee,’ zegt Johanna, ‘ik hoef ’m niet.’

‘Zal ik ’m niet even neerzetten, misschien …’

‘Nee, niet neerzetten, alsjeblieft niet. Stop terug in die krat, smijt alles in één keer weg. Gewoon. Nu meteen. Straks gebeurt er iets met mij en dan zitten jullie met die zooi, en dan weet je niet wat je ermee moet, want dan denk je dat het belangrijk is. Nou, dat is het niet, gooi allemaal maar weg! Ik wil alles strak hier.’

‘Strak?’ vraagt Max.

'Ja, vind ik mooi. En ik wil zo'n trap, met tijdschriften eroverheen. En wit. Alles moet wit.'

'Waarom heb je dat dan nooit eerder gedaan? Als je dat mooi vindt?'

'Kinderen houden niet van verandering. Ik mocht van jullie nog geen koffiekopje weggooien of het werd al drama.'

'Van Max zeker,' zegt Jennie.

'Nee, jij, jongedame, en als het van papa was geweest mocht het al helemaal niet weg. En dan zat ik tussen die rommel, maar nou woon ik op mezelf en doen we het anders.'

'Dat zeg je nu?' zegt Jennie.

'Ja?'

'Kon je dat niet zeggen vóór we alles verhuisden?'

'Heb jij mij gevraagd of ik die spullen hier wou?'

'Wij gingen ervan uit ...'

'Mij is niets gevraagd.'

Ed pakt rustig een weekendtas vol kleding uit en vraagt: 'Zal ik het in de kast hangen?'

'Ik wil twee joggingpakken en meer niet. Het moet een beetje lekker zitten.'

'Joggingpakken?'

'Twee. Voor als er één in de was zit. En al die schoenen heb ik niet meer nodig.'

'Mama, je gaat toch gewoon naar buiten,' zegt Jennie.

'Ik trek wel sloffen aan bij het luchten.'

'Luchten?'

'Zo heet dat.'

'Het is hier geen gevangenis.'

Johanna fronst, alsof haar dochter een flauwe grap maakt. 'Ik weet heel goed waar ik ben, jongedame, en ik heb geen schoenen meer nodig.'

'Ik begrijp het niet,' zegt Max.

'Ík begrijp het wel,' zegt Johanna, 'en zo wil ik het doen. We gaan het goed doen, strak. Dit is míjn kamer. Als Ed het huis verkoopt, kan ik gemakkelijk alles nieuw kopen hier.' Johanna schuift de krat van zich af.

'Ed?' vraagt Jennie.

'Ik wil dat Ed het huis verkoopt. Alles moet weg.'

Ed kijkt wat hulpeloos van de een naar de ander.

'Misschien,' probeert Max, 'kunnen we nu wat uitpakken en dan gaan we even een lijstje maken van wat je nieuw wilt hebben.'

'Niets uitpakken!'

Ed gaat aarzelend door met het inruimen van de kledingkast en zegt: 'Als we nou alleen het hoognodige hier laten.'

'Nee, ik zeg nee.' Johanna tilt met moeite de krat van het bed, loopt ermee de kamer uit en zet die op de gang. Jennie gaat erachteraan.

Een verpleger spreekt Jennie aan: 'U mag geen spullen hier op de gang stallen.'

‘Ze gaan zo weg,’ zegt Johanna.

‘Mama, ik neem die spullen niet weer mee.’

‘En ik wil ze ook niet in mijn kamer,’ roept Johanna.

Jennie neemt de krat mee terug naar binnen.

‘Wat doe je?’ vraagt Johanna.

‘We zetten de boel hier tegen de muur, ik neem het níét mee terug naar huis. Je slaapt er maar een nachtje over en dan praten we morgen verder.’

Zwijgend stapelen ze met z’n drieën de kratten tegen de muur. Johanna zit op haar bed en kijkt met afschuw naar al die spullen die bij haar zouden horen. Ze zegt: ‘Ik ben niet bang om te vergeten.’

Max ziet er droevig uit. Die jongen heeft altijd van die vochtige ogen, alsof hij zo kan gaan huilen. Het zou fijn zijn als iemand hem even over kon nemen. Iemand die op hem lette, iemand die net zoveel van hem hield. Als zijn vader er nog zou zijn – die gedachte strandt altijd. Want ook toen zijn vader er nog was, had ze weinig aan hem. Er is een foto van Gerrit en Max in het bos, Max is vier, hij gooit bladeren over zijn vader heen.

‘Zo was papa vroeger,’ zei haar dochter als ze die foto zag. Maar het waren uitzonderingen, die Johanna snel fotografeerde. Ze liet haar dochter in de waan.

‘Ik wil naar Ibiza,’ zegt Johanna. Daar miste ze de spullen van thuis ook niet. Het was fijn niets te hebben om je ergens aan te herinneren. Als die spullen maar weg zijn, dan is het hier ook Ibiza. Haar ogen vallen dicht. Ze praten zacht tegen haar, ze kan ze niet verstaan. Er wordt een deken over haar heen getrokken.

Ze wordt wakker van etensgeuren. Alleen Max is er nog.

Max ziet ertegen op om naar huis te gaan en begrijpt niet goed waarom. Het is een akelig gevoel, maar tegelijkertijd heel vertrouwd.

'Hoelang heb ik geslapen?' vraagt Johanna.

'Een uur.'

Ze komt overeind en neemt het glas water dat naast haar staat. Ze trilt een beetje.

Max denkt aan de handen van zijn vader. 'Wat heb je dan eigenlijk?' vroeg Max hem toen hij acht jaar oud was.

'Mieren,' zei zijn vader, 'er lopen mieren vlak onder mijn huid. Overal.' Hij stak zijn hand uit, bevende vingers. 'Dat doen de mieren,' zei hij.

Max rilde van het idee en vroeg zijn vader of ze daar niets aan konden doen en hoe die mieren daar dan kwamen. Zijn vader was alweer gaan liggen, rug naar hem toe. Max keek naar die rug en probeerde de beweging onder de huid te zien, de mieren op te merken. Hij werd bang voor zijn vader, voor zijn lichaam en wat zich daarin allemaal afspeelde.

Toen Max op een nacht wakker werd van een nachtmerrie en zijn moeder riep, zei hij haar dat hij niet tegen die mieren kon. Hoe kon hij zijn vader nog aanraken, met al die mieren, hoe kon hij naar hem kijken?

'Er zitten geen mieren in papa,' zei zijn moeder, 'niet echt. Hij bedoelt dat het voelt alsof. Dat hij zich trillerig voelt, zeg maar.'

Dat had een opluchting moeten zijn, maar de mieren waren nooit meer weggegaan.

'Je moet naar huis,' zegt zijn moeder.

'Weet je nog van de mieren?' vraagt Max.

'Ik hou daar niet van, van al die ... "weet je nog"-verhalen. Ik wil alles nieuw.'

Max loopt heel langzaam door de gang van het verpleeghuis, wil nog steeds niet naar huis, ziet een bord met ZWEMBAD en volgt de pijlen.

In de kelder is het grote therapiebad. Een jonge verpleger in zwembroek helpt een magere oude man uit zijn badjas. Hand in hand lopen ze het bad in. Voetje voor voetje gaan ze door het water, dat heel ondiep begint.

De man joelt zacht: 'Oei oei oei, ai ai ai ai, oei oei oei', en als hij dieper gaat: 'Brrr brrr brrr.' Zijn geluiden klinken als liedjes. De verpleger glimlacht naar Max. Hij knikt terug. De oude man maakt zijn hand los uit die van de verpleger, neemt plots een duik en verdwijnt onder water. De verpleger trekt hem er meteen weer uit. Proestend komt de man omhoog.

'Ik wil zwemmen,' zegt hij.

'Dat moet je niet doen,' zegt de verpleger, 'wat hebben we nou afgesproken? Als je dit nog een keer doet, dan gaan we eruit, ja?'

'Jaja, jaja, jaja.' De oude man loopt verder door het water, dat nergens hoger dan zijn middel komt.

'Lekker,' zegt hij. Hij maakt kleine sprongetjes.

En dan, met een luid 'Hoei', neemt hij weer een duik en verdwijnt onder water. Daar blijft hij liggen, alsof hij niet snapt wat hij nu moet doen. Een seconde lang gebeurt er niets. De verpleger vloekt binnensmonds en haalt de man weer boven water. De man is zo mager dat het de verpleger weinig moeite kost.

'We gaan eruit,' zegt hij, 'ik heb je gewaarschuwd.' Hand in hand lopen ze terug naar de kant.

'Kan hij niet zwemmen?' vraagt Max.

'Hij kon wel zwemmen,' zegt de verpleger, 'maar de laatste tijd is hij net als een peuter die voorover in het water valt, die komt ook niet meer overeind. Het kan eigenlijk niet meer, maar hij wordt er zo vrolijk van.'

Ed en de kinderen hebben op Johanna's verzoek het huis al voor een groot deel leeggehaald. Johanna wil een grote flatscreentelevisie. Ze heeft er zo gloedvol over gesproken ('Wat ik nou het allerliefste nog zou willen …') dat het maar moet gebeuren, zolang ze alles nog kan volgen. Als ze het huis verkopen, is er geld genoeg voor moeders nieuwste wensen.

Ed is terug naar huis gekeerd, maar hij heeft moeite zijn kalme leven te hervatten. Al is de crisis bezworen, hij kan zich niet meer met dezelfde concentratie als voorheen verliezen in zijn boeken.

Voor de hele heisa begon met zijn schoonzus was hij halverwege Cervantes' tweede deel van *Don Quichot van La Mancha*. Hij had met eindeloos geduld elk avontuur meebeleefd, nu komt hij er niet meer in. Het is alsof de avonturen van de ridder met het droeve gelaat hem niet meer mógen boeien, niet mogen afleiden. Als hij zich even verliest en grinnikt om het oude paard, schrikt hij van zijn eigen pret. Is het wel weer tijd voor plezier?

De crisis is ooit begonnen met Gerrits depressie. Ed sprong af en toe bij, hielp het jonge gezin. Zijn schoonzus was steeds meer op hem gaan leunen, het matras in de bijkeuken werd niet meer opgeruimd, en het culmineerde allemaal in de grootse finale met Gerrits dood. Daar leek de crisis mee te eindigen. Natuurlijk had die finale nog lang nageklonken, maar Ed was daar niet meer nodig geweest. Het matras verdween. De rust keerde weer in de twee huizen ver van elkaar vandaan, en Gerrit werd geschiedenis.

Toen Johanna twee decennia later ziek werd en om zijn hulp vroeg, leek het eerst een te laat gekomen nawoord. Alsof zijn broer hem nog een laatste keer riep: *Ach, help alleen nog even hiermee, dit is echt het laatste!* Maar dankzij zijn nichtje en haar onderzoek naar Gerrits dood lijkt de echte finale nog te moeten komen.

Hij heeft geprobeerd het te negeren. Dacht nog dat hij er goed aan deed om eens niet te veel te helpen, alleen maar te doen wat hem gevraagd werd. Maar sinds twee dagen is hij onrustig en twijfelt hij of het genoeg was. Nu ook hij morgen met de recherche moet spreken, vreest hij dat alles alsnog uit de hand zal lopen, dat ze, God verhoede, Gerrit gaan opgraven. Dan is zijn broer geen geschiedenis meer.

Ed wil iets doen, wil voor Gerrit en zijn gezin zorgen, zoals hij ooit zo graag deed. Hij voelt zich aangesproken. Alsof de opstanding al een feit is en zijn broer hem roept.

Hij legt zijn boek opzij, maar zijn blik blijft eraan hangen. Verstrooiing, is dat het woord? Als hij leest, hoeft zijn geest alleen maar te volgen. Amusement? Loyaliteit, zou hij het zelf willen noemen. Trouw. Geloven in het verhaal. Meegaan. Zoals '... Don Quichot zijn paard besteeg en begon te rijden overeenkomstig de wil van Rocinant, die de wil van zijn baas op sleeptouw had ...' Zo volgt Ed ook.

Morgen. Hij weet wat hij moet doen.

Ed ruimt zijn boeken op. Hij stofzuigt het huis. Hij haalt de afwasmachine leeg en knoopt de vuilniszak in de emmer dicht. Hij weet niet wanneer hij zal terugkeren.

Het is niet dat het hem licht valt wat hij nu gaat doen, zeker niet, maar hij begrijpt dat er geen keus meer is.

'Don Quichot vervolgde zijn weg, zonder een andere te nemen dan die welke zijn paard wilde gaan, van mening als hij was dat daarin de kracht van avonturen was gelegen.'

Het schemert als Ed in zijn auto stapt. Hij kan deze route rijden zonder na te denken. Onderweg gaat de zon onder, de lucht kleurt roze, dan weer rood. De zon is oranje. Alsof Onze-Lieve-Heer het hem allemaal nog een keer in al zijn glorie wil laten zien.

Alsjeblieft, Ed, speciaal voor jou.

Het is stil in het verpleeghuis, niemand die hem naar binnen ziet gaan. Hij klopt zachtjes op haar deur, hoort niets, en gaat naar binnen. Ze zit overeind in bed, in nachtkleding. Er ligt een krant op haar schoot.

Ze kijkt hem met grote verdrietige ogen aan.

'Ach, Johanna,' zegt hij. Hij gaat bij haar zitten. De tranen springen haar in de ogen.

'Waarom bel je me dan niet als je zo verdrietig bent?' vraagt hij.

'Ik moet het zelf oplossen.' Ze plukt imaginaire draadjes van haar vingers.

'Wat doe je?' vraagt hij.

'Het wil er niet af.'

Hij blijft een tijdje kijken hoe ze maar doorgaat met plukken en gefrustreerd raakt.

'Laat het anders gewoon zitten,' zegt hij, zo kalm als alleen hij dat zeggen kan, en ze overweegt het maar te laten zitten, wat er dan ook aan haar vingers gekleefd zit. Hij neemt haar handen in de zijne. Dat verschaft meer rust dan zijn woorden. Nu stoppen haar handen gewoon waar de zijne beginnen.

'Is het huis al verkocht?' vraagt ze.

'Nog niet.' Hij kijkt naar buiten, naar het laatste licht. Nog even en dan is het helemaal donker.

'Wil je de gordijnen sluiten?'

Ed doet wat ze vraagt.

'Ik ben moe,' zegt ze, 'ik wilde eigenlijk vroeg gaan slapen.'

Ed knikt. Hij wil niet weg. Hij wil niet alleen zijn. Hij, die altijd alleen is, wil deze nacht niet alleen zijn.

'Ga liggen,' zegt hij, 'dan stop ik je in.' Hij zorgt voor haar zoals hij zou willen dat nu iemand voor hem zorgde.

Hij loopt langzaam naar buiten. Het liefst had hij haar gevraagd of hij mocht blijven slapen. Nee, het liefst had hij haar gevraagd om net als hij ook niet te gaan slapen, om samen met hem wakker te blijven. Er is niemand die hij kan bellen. Geen mens aan wie hij zoiets kan vragen. Als er niemand in je leven is die een nacht met je wil waken, wat is je leven dan waard? Dan kan hij dat leven best opgeven voor de goede zaak.

Hij gaat naar het halflege huis van zijn broer. Op de bank waar Gerrit altijd lag, ligt Ed wakker in de nacht.

Het koffiezetapparaat is er nog.

'Dat is altijd handig,' had Ed gezegd, 'als er hier nog wat gedaan moet worden.' Verder zijn er alleen de grote meubelstukken die straks worden opgehaald. De kinderen zitten op de bank. De koffie loopt. Ed zet het keukentrapje tegenover de bank en gaat zitten.

'Mijn afspraak met de recherche is vanmiddag, maar ik wil het eerst aan jullie vertellen.'

Ed koestert zijn laatste moment als onschuldige, en zegt dan: 'Ik was het. Ik heb het gedaan.'

'Wat heb je gedaan?' vraagt Jennie.

Ed kijkt naar zijn voeten en probeert het zo kalm mogelijk te vertellen. Hij heeft nu geen recht op emoties.

'Ik heb hem van de trap geduwd. Jullie vader.' Hij herhaalt: 'Ik heb jullie vader van de trap geduwd. En hij moet … ongelukkig neer zijn gekomen … want hij was meteen dood.'

Ed slikt. Zijn mond is droog. 'Hij bleef gewoon liggen.'

Max en Jennie hebben hem heel goed verstaan. Maar de

woorden zijn zo banaal, zo gewoon, dat de enormiteit van de feiten nog nauwelijks tot hen doordringt. Ze zwijgen en staren naar hun oom, die nu voorzichtig zijn hoofd optilt. Hij opent zijn mond, maar zegt niets.

Terwijl Ed nog naar een betere tekst zoekt, gaat Gerrit naast hem staan.

'Hadden jullie ruzie?' vraagt Jennie.

Ed schudt zijn hoofd. 'Wij hebben nooit ruzie.' Hij schrikt er zelf van dat hij in de tegenwoordige tijd spreekt.

'Was het per ongeluk, of ...?'

Ed haalt wat onhandig zijn schouders op. 'Niet echt. Maar het was ook niet gepland. Hij stond daar zo ... hopeloos. Het leek het beste om te doen, op dat moment.' Nu kijkt hij haar pas goed aan. 'Noem het een ... ingeving.' En dan, als ter verdediging, luider: 'Maar ik heb niet eens hard geduwd! Ik zweer het. Want zo ben ik niet. Ik gaf hem gewoon een zet ... alsof-ie erom vroeg.' Hij kijkt naar Max, maar die ontwijkt nu oogcontact.

'Je gaf hem gewoon een zet?' herhaalt Jennie monotoon.

Gerrit luistert ademloos toe. Hij kan zijn ogen niet van zijn broer afhouden.

Jennie, die dit scenario zelf al heeft verzonnen, of een mogelijke variatie hierop, kijkt haar oom Ed toch aan alsof ze hem niet gelooft.

'Waarom?' vraagt ze.

'Hij maakte haar zo ongelukkig. Hij maakte jullie ongelukkig.'

'En mama, weet mama dit?'

'Nee,' zegt hij, 'ik heb hem naar de bank gedragen en die pillendoosjes daar neergelegd ... Maar dat was niet wat ik wilde ... Ik was boos ... Ik wilde niet ... Hij bleef gewoon liggen.'

Ineens grinnikt Max en hij zegt: 'Als papa één ding goed kon, dan was het blijven liggen.'

Gerrit draait zich om naar zijn zoon en schudt nu van nee. Hij laat zijn broer en zijn zoon daar niet eensgezind zijn leven samenvatten tot deze grap. Dit kan toch niet waar zijn?

Ook Jennie verbaast zich: 'Is dat alles wat jij hierop te zeggen hebt?'

Nee, zegt Gerrit. Graaf me dan in godsnaam op. Als jullie zo nodig alles willen laten herleven. Dit verhaal bevalt me niet.

God vraagt of hij het zeker weet.

Ik wil in ieder geval niet dit, zegt Gerrit. Alles is beter dan dit.

Kom op, zegt God, is jouw versie dan zoveel beter?

Waarom praat ik met jou? vraagt Gerrit.

God zwijgt.

Wie wat deed of juist niet deed in die laatste nacht interesseert Gerrit niets. Wat hem betreft heeft hij zijn dood hoe dan ook aan zichzelf te danken. Hij heeft er nooit over geklaagd. Hij is niet bij zijn familie gaan spoken na zijn dood. Het enige wat hij wilde was geen last meer zijn. Nog steeds wil hij de verantwoordelijkheid voor zijn eigen dood dragen. Hij alleen.

Precies zijn broer, mompelt God.

'O god,' zegt Ed. En hij snikt. Zo vastbesloten als hij was hen niet met zijn emoties te belasten, zo plots breekt hij.

'Waarom ik? Waarom is dit mijn … Waarom ik?'

'Waarom jíj?!' roept Jennie.

'Ik wou alleen maar helpen!'

Mijn hemel, denkt Jennie, dit noemt hij helpen. Een kleine zielige man met almachtsfantasieën. Oom Ed van de plantsoenendienst die een handje komt helpen.

Oom Ed huilt als een klein kind en vraagt met gebroken hoge stem: 'Is er nog iets wat jullie willen weten? Dan moeten jullie dat gewoon vragen.'

Het heeft iets belachelijks. Die oude magere man, huilend op een keukentrapje, die nog steeds probeert te praten, alsof hij alles onder controle heeft.

'Gewoon vragen,' herhaalt hij en hij giert weer van het huilen, 'ik wil niet huilen, dat moet je gewoon negeren, ik heb geen recht op dit verdriet. Ik wil mijn verantwoordelijkheid nemen.'

Max staat op, pakt een keukenrol en geeft die aan zijn oom. Ed droogt zijn tranen en schokt geluidloos door.

Jennie weet niet meer wat ze moet geloven. 'Waarom nu?' vraagt ze.

'Ik weet dat je het niet laat rusten, en het komt toch aan het licht, vroeg of laat … als ze hem …'

'Je wilt niet dat ze hem opgraven?' vraagt ze kil.

'Ik denk dat je vader rust heeft verdiend,' zegt Ed.

'Ik weet niet of het mij iets uitmaakt wat jij denkt,' zegt Jennie, 'ga jij maar … verklaren wat je wilt verklaren, en dan wachten we het onderzoek verder af.' Ze vertrekt.

Max zegt: 'Voor mij had dit allemaal niet gehoeven.'

Voor oom Ed kan vragen wat hij daarmee bedoelt is ook Max weg.

's Middags zit de rechercheur op de bank en Ed opnieuw op het keukenkrukje. De koffie loopt weer. Inderdaad handig dat ze het apparaat even hebben gehouden.

Ed is weer helemaal gekalmeerd.

'Ik wil graag bekennen,' zegt hij met heldere stem. 'Ik heb mijn broer gedood.' Hij herhaalt exact dezelfde woorden als eerder. Dat hij hem van de trap heeft geduwd. Dat hij ter plekke dood is gebleven. Hij kijkt de rechercheur onbevreesd aan.

Ja, zegt Gerrit, je voelt je heel wat, hè?

Kinderen, zegt God.

De vriendelijke meneer zegt tegen Ed: 'Dan raad ik u aan een advocaat in te schakelen.'

'Dat is niet nodig,' zegt Ed.

'Ik raad het u toch aan.'

'En hoe gaat het nu verder?' vraagt Ed. Hij sluit zijn ogen, met gevoel voor drama bereid de consequenties te aanvaarden.

'U bent niet tot antwoorden verplicht.'

Ed opent zijn ogen weer. 'Moet u mij niet arresteren?'

'Ik zou graag uw verklaring horen, maar eerst wil ik u op uw rechten wijzen ...'

'Dat hoeft niet.'

'Jawel.'

'Goed. En daarna?'

Er stopt een vrachtwagen voor de deur. Ed is er kort door afgeleid.

'Ik zal met de officier van justitie moeten overleggen of we u buiten heterdaad kunnen aanhouden.'

'Buiten heterdaad? Dat is mooi,' glimlacht Ed.

Er stapt een man uit de vrachtauto, hij loopt het voortuintje in en belt aan.

'Mag ik even opendoen?' vraagt Ed. Alsof hij zijn leven al uit handen heeft gegeven.

'Natuurlijk.'

Ed staat op van zijn keukenkruk en valt. De rechercheur helpt hem overeind.

'Ik weet niet wat er gebeurde,' zegt Ed.

De rechercheur zegt niks, kijkt Ed na, die onzeker naar de voordeur loopt.

'Kringloopwinkel,' zegt de man op de stoep, 'we zijn wat laat, ik hoop dat het nog uitkomt?'

'Sorry,' zegt Ed tegen de rechercheur, 'de grote meubelstukken zouden vanmorgen worden opgehaald, maar ze zijn iets ... later.'

Ed en de rechercheur kijken toe hoe twee mannen de grote tafel uit de keuken halen en daarna de bank optillen. Als ze de bank draaien vallen de kussens die tweezijdig te gebruiken zijn ervanaf. De andere kant is een stuk smeriger.

'Wacht even,' zegt de rechercheur, 'zet u die bank maar weer neer.'

'Is er iets niet goed?'

'Deze bank blijft nog even hier.'

'U zegt het maar.' Ed raapt de kussens op en ziet de vlekken, die van alles kunnen zijn: cola, urine, bloed, chocopasta.

Gerrit ziet zijn bank, zijn kussen en de vlekken die hij bij leven wellicht heeft veroorzaakt. Alsof het de bank is die nu aan hem denkt. Of is het zijn bloed? Hoe kan hij er anders bij zijn, wie roept hem op? Niet Ed. Ed denkt aan zichzelf.

De advocaat die later aan Ed wordt toegewezen denkt ook niet aan Gerrit, de advocaat is er voor Ed.

Gerrit leert een hoop nieuwe mensen kennen. Het zijn vooral de vreemden die nu aan hem denken: de forensisch onderzoekers die twintig jaar na zijn dood in zijn huis rondlopen op zoek naar sporen; de jonge man die zijn bloed onderzoekt in een laboratorium; de rechercheurs die zijn broer steeds weer vragen stellen; de officier van justitie.

Hoe zit dat met de dode beroemdheden, waar zo vaak aan wordt gedacht? vraagt Gerrit. Krijgen die dan nooit rust?

Ach, zegt God, heb je na twintig jaar nog steeds zo'n infantiele voorstelling van de hemel? Het hiernamaals kent vele afdelingen.

Kan ik ook overgeplaatst worden? vraagt Gerrit.

Niets is onmogelijk, zegt God, maar Gerrit luistert al niet meer. De bloeduitslagen worden bekeken in het lab en daar wil hij niets van missen. Zijn interesse in het aards bestaan is nog steeds groter dan in het hemelse, al kan hij zijn vrouw en kinderen al dagen niet meer zien. Juist zij denken nu niet aan hem. Alsof zij opgelucht zijn dat hun zorgen om hun dode vader en man even zijn uitbesteed aan vreemden. Wie wil dat nou niet?

Jennie is thuis in Groningen als ze haar broer belt. 'Ben je alweer bij mama geweest?'

'Ja.'

'Wat heb je gezegd?'

'Ik heb nog niks gezegd.'

Max verwacht kritiek, maar ze zegt: 'Ja, ik zou het ook even niet weten, wat nu wijsheid is.'

'Zijn advocaat heeft mij gebeld,' zegt Max.

'Van Ed?'

'Ja, hij zegt dat hij verwacht dat ze hem gezien zijn fysieke toestand niet zo lang in voorarrest zullen houden.'

'Wat is er dan met zijn fysieke toestand?'

'Dat weet ik niet, dat is wat hij heeft ingesproken.'

'Je hebt niet teruggebeld?'

'Nee.'

'Waarom niet?'

'Ik heb daar geen behoefte aan. Hij zei dat hij jou ook nog zou bellen. Als je het niet erg vindt, ik zit op een klus, als je wilt … kunnen we vanavond bellen.'

Als Jennie later die dag wordt gebeld door een onbekend nummer verwacht ze dat het de advocaat van Ed is, maar het is een medewerker van Aurora.

'Ik ben eigenlijk op zoek naar meneer Johansen, de zwager van uw moeder, want ik begrijp dat hij haar eerste contactpersoon is.'

'Nee, dat klopt niet, dat ben ik.'

'Volgens uw moeder is dat meneer Johansen, maar ik probeer hem al een hele dag te bereiken en hij belt niet terug.'

'Is er iets met mijn moeder?'

'Uw moeder is in orde, maar meneer Johansen heeft hier meubels laten bezorgen en spullen laten ophalen, en de gang staat hier nu vol met dozen, dat gaat gewoon niet. Uw moeder wil niet dat we u bellen, maar misschien kunt u contact krijgen met meneer Johansen.'

'Dat wordt ingewikkeld, meneer Johansen zit vast.'

'Waar staat-ie dan vast?'

'Hij staat niet vast, hij zit vast.'

Het blijft stil aan de andere kant van de lijn.

'Hebt u mijn broer al gebeld?' vraagt Jennie.

'Bent u niet in de gelegenheid hiernaartoe te komen?'

Peter staat erop om mee te gaan. Hij is behendig geworden met zijn krukken, de enkel bijna genezen.

Diezelfde avond nog staan Max, Jennie en Peter dozen

uit te pakken en meubels te monteren in de kamer van hun moeder in Aurora. De kennismaking met Peter is eenvoudig zo, de gesprekken blijven overzichtelijk (Waar moet deze staan? Heb jij daar een kruiskopschroevendraaier? Mag dit vast aan de muur?).

Ed blijkt samen met Johanna nieuwe meubels te hebben uitgezocht en besteld, en de 'oude troep', zoals Johanna het noemt, heeft hij laten ophalen door de kringloop.

'Waarom komt Ed niet helpen?' vraagt Johanna.

'Ed heeft al genoeg gedaan,' zegt Max.

'Het is niks voor Ed om niet te helpen,' zegt Johanna.

Jennie ziet hoe nieuwsgierig Peter de gezichten van haar moeder en haar broer in de gaten houdt. Max gaat bij zijn moeder op bed zitten.

'Oom Ed heeft bekend dat hij papa van de trap heeft geduwd.'

Jennie laat van schrik de schroevendraaier vallen. Het laatste wat ze had verwacht is dat Max ook maar iets aan hun moeder zou vertellen.

'Daarna heeft hij hem naar de bank gedragen en die pillendoosjes ernaast gelegd.'

Iedereen kijkt naar Johanna, wacht op haar reactie.

'Hij zit nu in voorarrest.'

Johanna is heel lang stil. Ze staart en ziet niets. Ze buigt haar hoofd en plukt aan haar vingers. Max staat op en schenkt een glas water voor haar in. Ze drinkt.

Dan gaat Max door met het bevestigen van de blankhouten poten onder twee witte kuipstoeltjes. Peter hangt een ingelijste foto op van bleek riet in een duinenlandschap. Kunst uit een meubelwinkel. Jennie haalt het plastic van een houten ladder waar tijdschriften over kunnen hangen. Ze hebben het er niet meer over.

Precies zo gaat het als ze Ed voorlopig vrijlaten gezien zijn 'fysieke toestand' en hij Johanna opzoekt: ze hebben het er niet over.

Johanna vraagt alleen: 'Mocht je weer gaan?'

Ed zegt: 'Ja, want het onderzoek is in een afrondende fase, en gezien mijn lichamelijke toestand ...'

Johanna knikt, alsof ze dat begrijpt.

Ed zet zijn koffiekopje op het licht eiken tafeltje, dat zo slecht in elkaar is gezet dat het wankelt.

'Zal ik dat even oplossen?' vraagt Ed. Hij staat al op en loopt naar de gereedschapskist die Max heeft laten staan.

Met moeite begint hij het tafeltje te repareren. Hij is kortademig, duizelig soms. Het lukt niet goed, wat hij ook probeert. Na drie kwartier gehannes wankelt het tafeltje nog steeds.

Hij geeft het op en Johanna zegt: 'Bedankt voor je hulp, Ed.'

Meneer Varta, de familierechercheur, heeft Jennie erop voorbereid dat zo'n onderzoek lang kan duren. Hij heeft gezegd: 'Daar gaat tijd overheen.' Het klonk zo neutraal, die tijd van hem.

Maar steeds als ze haar moeder opzoekt ziet ze hoe de tijd over haar moeder heen gaat, en hoe die tijd niet onschuldig is maar verwoest, afbreekt, gaten slaat, als een plaag die over het land trekt. Op een dag treft ze haar moeder angstig aan, nerveus op en neer lopend door de gang. Ze herkent haar dochter niet, maar begrijpt dat de jonge vrouw haar wel kent.

Ze vraagt aan Jennie: 'Hoelang zit ik hier al? Meer dan een week?'

'Ja, meer dan een week,' zegt Jennie.

Johanna schiet vol en zegt: 'Maar mama weet helemaal niet dat ik hier ben.'

Jennie kan niet veel anders dan zeggen dat haar moeder dat wel weet, maar de angst van Johanna verdwijnt niet.

Johanna zegt: 'Mijn moeder kan zich echt vreselijke zorgen maken.' En ze bijt zo hard op haar vingers dat Jennie haar moet tegenhouden, om te zorgen dat ze zich niet verwondt.

Vlak voor een afspraak met vrienden hoort Jennie de uitkomst van het onderzoek, en het besluit van de officier van justitie.

In de taxi onderweg naar het restaurant herhaalt Jennie voor Peter geconcentreerd de woorden die ze net heeft gehoord: 'Gerede twijfel over de doodsoorzaak, en dus ... beveelt de officier van justitie alsnog een gerechtelijke sectie. Zo zei hij het.'

'Opgraven,' zegt Peter.

Jennie ergert zich, ze wil dat banale woord niet horen.

'Opgraven toch?' vraagt Peter.

'Ja,' zegt ze met tegenzin.

Als Jennie in het restaurant hakkelig, want emotioneel, haar vrienden probeert te vertellen wat er aan de hand is, neemt Peter het over.

'Die bank is dus onderzocht en daar is zijn bloed op aangetroffen. Nu is haar vader de avond voor zijn dood van de trap gevallen, dus dat zou daarvan kunnen zijn. Alhoewel het dan wat veel lijkt voor een heel kleine hoofdwond. En als hij, zoals zijn broer beweert, onderaan de trap is gestorven, slaat dat bloed ook weer nergens op. Dus: onverklaarbaar. Klopt in ieder geval niet met die bekentenis. Dan is er nog de ruzie die de buurvrouw 's avonds heeft gehoord ... waar toen niets over is verteld ... sterker nog, die broer is niet eens gehoord ... én dan is de vader na zijn dood eigenlijk door niemand onderzocht, niet eens goed gezien ... omdat haar moeder hem alleen heeft verzorgd. Bij elkaar allemaal redenen genoeg om hem alsnog te onderzoeken en dus ... is besloten om hem op te graven.'

Peter kijkt triomfantelijk en daarna wat verbaasd als de luisteraars niet hem maar haar aankijken.

'Hoe is dat voor jou?' wordt aan Jennie gevraagd. Ze schaamt zich. Zij heeft dit alles veroorzaakt, en het lijkt nu alsof ze ook 'Peter' heeft veroorzaakt en zijn banale verslag.

Ze zegt: 'Het is ... veel om te bevatten', en hoort dat ze net zo nietszeggend klinkt als haar moeder wanneer ze haar naar haar vader vraagt. Haar vader. Plotseling is ze bang dat hij boos op haar is, zoals een kind dat kan zijn. Nooit eerder is die gedachte bij haar opgekomen.

Gerrit zegt: Maar ik wíl opstaan, ík wil het.

En Jennie denkt: Ik had het hem moeten vragen.

Terwijl Peter en haar vrienden verder praten over haar familie, vraagt Jennie in gedachten aan haar dode vader wat hij wil. Ze hoort zijn antwoord niet.

Op zondagochtend, lopend door de gang van het verpleeghuis, denkt Max aan zijn meisjes en dat hij straks naar hen teruggaat. De uren hier in dit tehuis zullen altijd minder zijn dan de uren bij hen. Een eenvoudige som. Dus waarom klagen mensen over zulke verplichtingen? Al zou hij zijn moeder elke dag opzoeken, dan is dat altijd nog maar een uur van de dag, dat is niets. Elke dag een uur hier zorgt ervoor dat hij zich in de overige drieëntwintig uur niet hoeft af te vragen of hij genoeg doet. Dat is een kleine prijs voor gemoedsrust.

De deur van moeders kamer staat op een kier, hij klopt en opent voorzichtig de deur. Zijn zus staat in de nu volledig ingerichte kamer. Ze hangt glimmende tijdschriften over de ladder die naast zijn moeders bed staat. De kuipstoeltjes staan parmantig ongebruikt te wezen om het licht eiken tafeltje. Moeder zit in een etalage van een meubelwinkel, alleen het bed detoneert, en zijzelf. Ze ziet wit, wanneer is ze voor het laatst buiten geweest? Het bloed is hier overal uit weggetrokken, uit het hout, uit het gezicht, uit de muren van dit gebouw.

Johanna blijft maar glimlachen naar Max. Hij gelooft haar geluk zelden. Hoe zou ze eruitzien als ze echt zou lachen? Het gezicht van zijn moeder gaat ineens over in het gezicht van zijn vrouw, alsof ook Nora hem krampachtig probeert te overtuigen van haar geluk, zelfs zijn dochter ziet hij nu. Is haar lach eigenlijk wel echt? Zei Nora zelf niet dat wanneer ze alleen met hun dochter is, het kind veel vaker een slechte bui heeft? Dat ze soms tegen haar moeder schreeuwt, maar nooit tegen hem? Altijd het perfecte kind in zijn buurt. Hij schudt zijn hoofd om het er leeg te maken, hier te zijn, en kijkt naar de ladder met tijdschriften.

'Vind je het niet mooi?' vraagt Johanna.

'Ja, wel. Mooi.'

Jennie sluit de deur en schuift de kuipstoeltjes richting het bed, ze gebaart Max dat hij moet gaan zitten.

'We moeten je iets vertellen, mama.' Ze zwijgt.

Max wacht en heeft te laat door dat Jennie hem aankijkt.

'Wil jij het zeggen?' vraagt ze.

'Mama,' zegt Max, 'Jennie wil je iets vertellen.' Hij schuift naar achter.

'Mama,' zegt Jennie, 'je weet van het onderzoek naar papa's dood ...'

'Ja, ja ... Jaha.'

'Ze hebben besloten om sectie te verrichten.' Ze pauzeert even. 'Dat betekent ...'

'Ik weet wel wat dat is.'

'Ja?'

'Ja.'

'Dat ze … zijn lichaam … gaan opgraven.'

'Ja. Ja. En waarom moet dat?'

'Vanwege het onderzoek naar zijn dood.'

'Maar Ed heeft … Ed heeft toch gezegd …'

'Ed heeft van alles gezegd, ja.'

'Waarom vertelt niemand mij iets?'

'Ik vertel je alles, mama, ik heb geen geheimen. Er is bloed van papa gevonden op de bank, en oom Ed heeft gezegd dat hij papa van de trap heeft geduwd, en dat hij daar dood is blijven liggen. Dat is … op z'n minst … vreemd. Ed is ook nooit gehoord destijds. Jullie hebben ruzie gehad die nacht …'

'Hebben wij ruzie gehad?'

'Weet je dat niet meer?'

Johanna denkt na. 'Hij kan echt heel irritant zijn.'

'Ja,' glimlacht Jennie, 'dat is helemaal waar.'

'Wanneer?'

'Wanneer jullie ruzie hadden?'

'Wanneer wordt hij opgegraven?'

'Donderdag.'

Johanna schudt haar hoofd. 'Die arme man.' Het zijn de woorden die ze zo vaak heeft gebruikt. 'Hij heeft dit niet verdiend,' zegt ze, 'maar het kon niet anders.' Ze is even bij hem op de nacht waarop hij stierf. Of: niet meer opstond. Zo ziet ze het zelf het liefst.

'Wat kon niet anders?' vraagt Jennie.

'Hij kon niet anders,' zegt Johanna.

'Nee,' zegt Jennie, 'je zei dat "het" niet anders kon.'

'Ja, die man kon niet meer.'

'Dat is net iets anders dan wat je net zei.'

'Alsjeblieft,' zegt Max.

Jennie is in deze ruimte de irritante, de drammer, maar ze weet heel goed dat er een andere ruimte is, een formele ruimte waarin ze terechte vragen heeft.

'Ik vraag gewoon iets.'

Max zucht.

'Ja, je wordt bedankt, met je gezucht,' zegt Johanna, 'laat mij het maar allemaal weer oplossen.'

'Sorry?' vraagt Max.

'Ik heb het niet tegen jou, jongeman, ik heb het tegen je vader.'

Jennie en Max kijken elkaar aan, een kort moment van verbondenheid.

'Wat zou hij zeggen, mama?' vraagt Jennie. 'Wat zou papa hiervan vinden?'

'Het is zwart in zijn hoofd,' zegt Johanna, 'daar wil je niet zijn, ik heb hem geprobeerd te begrijpen … Ik kon het niet meer … Ik kon ’m niet meer snappen. Ik wilde hem niet meer snappen. Ik wil het niet snappen, ik wil het niet snappen.’ Ze schudt haar hoofd. ‘Ik wil het niet snappen, ik wil het niet snappen.’ Ze wordt wanhopig.

‘Wat wil je niet snappen?’ vraagt Jennie.

‘Ik zeg dat ik het niet wíl snappen!’

‘Is dat alles wat je hebt te zeggen?’

Johanna stopt abrupt met hoofdschudden, kijkt Jennie kwaad aan. ‘Ik zeg niks meer.’

‘O, lekker makkelijk.’

‘Trut,’ zegt haar moeder ineens, ‘je bent een trut, weet je dat?’

Jennie kan alleen maar hopen dat haar moeder even niet weet wie zij is. Toch schiet ze vol en loopt weg. Johanna keert haar hoofd af van Max. Hij gaat achter zijn zus aan.

Jennie zit in de gang tegen de muur gehurkt.

‘Ik wil niet zo tegen haar doen,’ zegt ze, ‘ik wil het niet.’

Max zoekt geruststellende woorden, vindt ze niet.

‘Ik zie hoe verdrietig ik haar maak, maar ik kan het niet stoppen.’

Ze denkt aan die chagrijn die ze in de gezamenlijke huiskamer weleens tegenkomt, die vrouw die op iedereen scheldt. Zo’n vrouw zou ze met liefde elke dag kunnen bezoeken. Die kun je als het zo uitkomt eens van repliek dienen, je hoeft niet zo op je woorden te letten. Maar in haar familieconstellatie moet zij steeds weer de ellendeling van het gezelschap spelen. De meest ondankbare rol die je toebedeeld kunt krijgen.

En bedankt, zegt ze tegen het universum, als het aan mezelf lag was ik een ander geweest.

Gerrit zegt: Ik begrijp precies wat je bedoelt.

Max en Jennie vragen zich beiden af hoe ze onder het geplande etentje van vanavond uit kunnen komen en beiden weten niet hoe.

'Tot straks,' zegt Jennie, en dan: 'Ik hou van je.'

Max kijkt haar angstig aan.

'Je bent mijn grote broer.'

Voor Max iets terug kan zeggen, loopt ze weg.

Ze houdt van hem. Dat zegt ze vast om hem te verwarren, zoals ze hem altijd verwart. Als ze het wel meent is dat alleen maar lastiger. Als je kleine zus van je houdt, dan moet je ook van haar houden, dan moet je voor haar zorgen. Onmiddellijk voelt hij de druk op zijn borst. Als Jennie van hem houdt, dan moet hij kaartjes gaan sturen, dan mag hij haar verjaardag niet vergeten, dan moet hij weten of hij nou Pieter of Peter heette, die jongen die hier was.

Elsie rent naar de deur en roept: 'Tante Jennie!'

De keren dat ze elkaar hebben gezien zijn op de vingers van een hand te tellen. Dat is voor Jennie weinig, een detail in het leven. Voor het kind is het iemand die er al haar hele leven was, en er is maar één tante. Jennie laat verbaasd de omhelzing van het kind toe.

'Optillen,' zegt ze.

Niet alle rollen waar je niet om vroeg zijn onaangenaam. Ze tilt het meisje op, dat zich als een aapje aan haar vastklemt, ze weegt haast niets en omhelst haar alsof het de natuurlijkste zaak van de wereld is. Een onverdiende liefde, denkt Jennie.

Ze praten niet over het bezoek aan hun moeder, al had ze verwacht dat dit etentje was georganiseerd zodat ze 'erover konden praten'. Ook hebben ze het niet over Ed, over wat hem bezielde om te zeggen dat hij zijn broer van de trap heeft geduwd.

Jennie vraagt tegen het eind van de maaltijd dan maar:

‘Heeft Max verteld hoe het ging vanmiddag?’

‘Ja,’ zegt Nora, ‘ja, lastig hè?’ Ze eet op haar gemak en het duurt even voor ze weer wat zegt. ‘Denk je dat ze het nog echt begrijpt?’

‘Ja, dat denk ik wel,’ zegt Jennie.

‘Oma?’ vraagt Elsie.

Niemand antwoordt.

‘Wat is er met oma?’ vraagt ze. Het lijkt Jennie niet haar taak om te antwoorden.

‘Waarom zeggen jullie niks?’ vraagt Elsie.

Nu moet Jennie lachen en terwijl ze met een nieuwe blik naar het meisje kijkt groeit de liefde voor haar, die eigenliefde is. Omdat op dit kind nog alles kan worden geprojecteerd. Omdat ze haar eigen genen denkt te herkennen. Pas op dit moment wordt Elsie familie.

‘Opa is dood,’ zegt Elsie.

‘Ja,’ zegt Jennie, ‘opa is dood.’

‘Oma Els is ook dood,’ zegt Elsie en ze wijst naar een foto aan de muur.

‘Heb je weleens een foto van opa gezien?’ vraagt Jennie.

Elsie denkt na.

Max zegt: ‘Ja, je hebt weleens een foto van opa gezien.’

‘Heb je weleens een filmpje gezien?’ vraagt Jennie. Ze pakt haar tas en haalt er een grote iPad uit. ‘Ik heb alles digitaal overgezet.’

‘Filmpjes!’ roept Elsie.

Max verstijft. Alsof ze tegen hem zeggen dat vader zo binnen komt lopen. De opstanding begint groteske vormen aan te nemen.

‘Jullie hebben toch een smart-tv? Dan kunnen we het op tv afspelen.’

Jennie probeert niet te veel op Max te letten, die het verst van de televisie vandaan blijft zitten.

‘Het eerste filmpje is van zijn werk,’ zegt Jennie.

Op het grote scherm komt een lange knappe man in beeld in een collegezaal, die zijn studenten toespreekt.

‘Jullie moeder was zijn student, toch?’ vraagt Nora.

Ze knikken en luisteren naar hun vader, die daar staat, en die ze meer hebben zien liggen dan staan.

Het is een college ontwikkelingspsychologie en hij praat over het ontstaan van empathie en hoe het jonge kind nog niet kan geloven dat anderen iets anders zien dan zijzelf. Hij doet het bevlogen, welbespraakt.

‘Heb jij dit ooit gezien?’ vraagt Jennie.

Max heeft een vage herinnering aan een avond thuis met collega’s van zijn vader, en de filmprojector. ‘Ik geloof het wel.’

Dan zegt de man op beeld: ‘Ik heb een zoontje van drie, die nog helemaal in die fase zit.’

Zijn vrouw en zus kijken Max aan.

'Hij pakte deze week stiekem een lolly en hield een hand voor zijn ogen, omdat hij dacht dat als hij het niet zag, wij het ook niet zagen.'

De studenten, onder wie veel vrouwen, lachen. Ze zijn ook geraakt door deze knappe, al wat oudere man en zijn jonge zoontje.

De beelden stoppen abrupt en dan komt er een vierjarige Max in beeld in Madurodam. Het jongetje staat tegen zijn moeder aan, een arm om haar been geklemd. Johanna is hoogzwanger.

'En nu filmen we jou,' zegt Johanna, ze pakt de camera en richt hem op Gerrit, die wat verwilderd de lens in kijkt. Hij is slecht geschoren, zweetdruppels op zijn voorhoofd, het moet een warme dag zijn geweest. Hij ziet er slechter uit dan op het andere filmpje.

'Wanneer had hij zijn eerste depressie?' vraagt Nora.

'Pas laat, volgens mij,' zegt Jennie, 'hij had natuurlijk een rare jeugd, maar hij heeft jarenlang gewoon gewerkt, gefunctioneerd, toch?' Ze kijkt naar Max.

'Vóór mama schijnt er wel wat gebeurd te zijn,' zegt hij, 'weet niet precies wat, maar pas na Jennies geboorte ging het echt mis.'

'Toen hij alles had,' zegt Nora.

Max vraagt: 'Wie wil er ijs?'

‘Ik,’ zegt Elsie.

‘Is dit alles?’ vraagt Nora.

‘Er is veel meer,’ antwoordt Jennie, ‘maar hij is steeds degene die filmt, dus hij is zelf nauwelijks in beeld.’

‘Ik pak ijs, en dan zien jullie maar.’ Max loopt weg, zijn dochter volgt hem. Hij luistert naar de vrouwen die over zijn vader praten, die ze beiden niet of nauwelijks hebben gekend.

‘Vreemd om hem zo ... levendig te zien,’ zegt Nora, ‘door de verhalen heb ik een heel ander beeld van hem. Dan vergeet je dat die man natuurlijk ook ooit gewoon heeft gefunctioneerd.’

‘Ik ook, hoor,’ zegt Jennie, ‘maar als ik hem zo zie, dan denk ik toch dat hij ... eroverheen had kunnen komen.’

‘Denk je dat echt?’

‘Waarom niet? Miljoenen mensen maken depressies mee en worden weer beter. Ik zeg niet dat hij er nooit meer last van zou hebben gehad, maar waarom niet? Waarom had hij niet kunnen genezen? Hij heeft heel erg lang heel goed gefunctioneerd, succesvol ook, waarom had dat niet weer gekund? Hij had een rotjeugd, heeft zijn hele leven keihard gewerkt om er wat van te maken, maar natuurlijk moest het hem een keer inhalen ...’

Max komt terug met een bak ijs en schoteltjes. ‘Jullie snappen echt alles, hè?’

'Is het zo raar,' vraagt Jennie, 'om te geloven dat hij beter had kunnen worden? Je reageert altijd zo heftig als ik zeg dat hij had kunnen genezen.'

'Misschien,' zegt Nora, die nu meer durft te zeggen dan wanneer ze alleen met Max is, ze kijkt hem liefdevol aan, 'is het fijner om te geloven dat de dood hem ergens van heeft verlost, in plaats van … ergens van beroofd.'

Max schept ijs op.

Jennie zegt: 'Genoeg.'

Max schept door.

Als het kind naar bed is, drinkt Jennie haar wijn te snel, drinkt zich moed in. Als de sfeer toch al verpest is, is dat een mooie gelegenheid om verder te gaan dan je anders zou doen.

'Waar ben jij zo bang voor?' vraagt ze aan Max. 'Waarom wil je niet gewoon de waarheid weten?'

'Ik ben gelukkig,' zegt Max, 'ik heb dit niet nodig. Al is er iets anders gebeurd, ik hoef dat niet te weten.'

'Dat meen je niet.'

'Sinds dit gezeur van jou,' zegt Max, 'slaap ik niet meer.'

'Dat komt niet door mijn gezeur,' zegt Jennie, 'dat komt omdat jij het net zomin kunt laten rusten, dat komt omdat die hele rust van jou een leugen is.'

Max staat op en zegt: 'Je hebt geen flauw benul waar je het over hebt. Ik heb met die man moeten leven, ik heb alles meegekregen van die tijd, jij niets. Jij hebt niets, maar dan ook niets om over te klagen ... Jij denkt dat je vijf jaar lang liedjes hebt gezongen met die man. Omdat je nooit hebt gezien, nooit hebt willen zien hoe hij echt was. En ik weet dat je dat niet wilt horen, dat je me niet gelooft, maar dat is jouw probleem. Niet het mijne.'

De stilte na afloop, als Max en Nora alleen zijn, is niet geruststellend. Nora weet dat ze hem niet mag afvallen, maar Max merkt aan alles dat ze het niet met hem eens is. De tijd die ze neemt om de keukentafel af te ruimen, de zorgvuldigheid waarmee ze het aanrecht poetst. Alles om maar bezig te blijven en haar woorden in te kunnen slikken. Wachtend tot hij zelf gaat praten. Max wil zo graag weglopen, hij wil het huis uit. De hoofdpijn begint weer.

'Misschien moet je 's met iemand praten.' Die zin, die zegt: Ik heb je heel veel te zeggen, maar ik durf mijn handen niet aan je te branden, laat het in godsnaam een vreemde doen, hou mij hierbuiten, neem je problemen mee naar een ander. Dus zover is het al?

'Ik wil dit allemaal niet,' zegt Max, 'ik wil niet over mijn vader praten en ik wil hem niet opgraven, is dat zo vreemd?'

'Misschien is het niet erg als het nog 's goed onderzocht wordt?' De klank van haar woorden is zacht, maar weet ze wel wat ze zegt?

'Hoe zou jij het vinden als we jouw moeder zouden opgraven? Wil jij je voorstellen hoe ze eruitziet nadat ze twintig jaar in de grond heeft liggen wegrotten?'

Nora schrikt van zijn woorden. 'Je spreekt nooit zo liefdevol over je vader, misschien dat ik daarom dacht ... Het spijt me. Natuurlijk is het niet ... niks.'

'Ze was niet op de begrafenis, Jennie. Mama vond haar te jong. Ze heeft haar overal buiten gehouden, om haar te beschermen. Ze was twee jaar ouder dan Elsie nu, maar als ik doodga, dan zou Elsie er toch bij zijn? Zo'n kind moet kunnen volgen, kunnen snappen wat er gebeurt.'

'Ja, ik denk het, hoezo?'

'Jennie rust niet voor ze erbij is. Ze wil haar vader begraven, en desnoods graaft ze hem dus eerst weer op.'

'Maar als ze andere mensen zover heeft gekregen, als ze de instanties zover kreeg, dan zijn er meer mensen die vragen hebben.'

'Jennie heeft een overtuigingskracht, die is ... Vraag me niet hoe, maar als zij iets wil, krijgt ze het voor elkaar. Wij kunnen ons wel verzetten, maar zij gaat haar vader begraven, opnieuw, maakt niet uit wat we doen.'

'Dat klinkt meer als iets wat je ... in gedachten doet, symbolisch, bij je psychiater.'

'Waarom symbolisch als je ook het echte werk voor elkaar krijgt?'

'Dat is gestoord,' zegt Nora.

'Ja, maar het is niet de eerste keer. Ze heeft ooit haar dode konijn opgegraven.'

'Gadverdamme, waarom?'

'Hij lag daar niet goed, vond ze. Het terras was uitgebreid en toen lag-ie er net naast, dat was geen goeie plek, zei ze, en toen heeft ze een nieuw graf gemaakt. De steen ligt er nog.'

'Hoelang lag dat konijn daar al?'

'Een jaar.'

'Dat is niet helemaal normaal,' zegt Nora.

'Ja,' zegt Max, 'jij zegt het.'

'En nu?'

'En nu gaan we papa opgraven.'

's Nachts droomt Max over zijn vader. Dat is niets nieuws. Zijn vader is een vaste gast in zijn dromen. Hij woont dan altijd ver weg, of is lang op reis geweest, er zijn altijd plausibele verklaringen voor zijn afwezigheid, nooit iets ernstigs. Max is zich gaan hechten aan die nachtelijke bezoeken. Daar is hij minder een last dan hij bij leven was.

Ooit vertelde hij het zijn zus en die zei dat het ontkenning was van zijn vaders dood. Hij geloofde het nog ook.

In zijn droom zei Max tegen zijn vader: 'Jij bent hier niet, jij bent dood.' Hij zei het met spijt, hij wilde hem niet verjagen. Zijn vader lachte alleen maar. Alsof dit psychologisch kinderspel genoeg was om een geest te doen oplossen. Kom op, zeg. Hij verdween niet uit de dromen van Max.

Deze nacht droomt Max hoe de aarde op vaders graf van onderaf wordt losgewoeld als een molshoop. Botten met resten vlees worstelen zich omhoog.

Max schrikt zwetend wakker. Dit zijn niet de gemoedelijke bezoeken die hij in zijn dromen van zijn vader gewend is.

Ook Nora ontwaakt en ziet haar man overeind zitten, de druppels op zijn voorhoofd.

'Alles gaat stuk,' zegt hij. Hij strijkt met zijn hand over de deken alsof hij over zijn vaders graf strijkt. De zorgzaamheid die hij ooit voor zijn vader voelde, voordat hij die voor zijn moeder reserveerde, overvalt hem.

'Heb je dat ook,' vraagt hij aan Nora, 'dat als je je moeders graf verzorgt, dat het is alsof je ... alsof je nog iets voor iemand doet?'

Nora denkt na, slaperig.

'Wat kan ik nou doen,' vraagt Max, 'wat kan ik nou nog voor hem doen?'

Nora vreest dat hij niet helemaal wakker is. 'Max?' Ze komt overeind.

'Wat kan ik nou voor hem doen? Hoe moet ik hem nou helpen?'

'Max, word 's wakker.' Nora legt een hand op zijn wang

en beweegt zijn gezicht zachtjes naar het hare toe. Zo heeft ze hem nog nooit gezien. Hij kijkt haar aan, maar ze voelt zijn blik niet. Hij is ver weg.

Je bent zo gelukkig als je ongelukkigste kind, zegt Gerrit tegen zijn zoon. Die hoort hem niet. Max heeft die wetenschap ooit omgedraaid. Max is zo gelukkig als zijn ongelukkigste ouder.

Nora haalt een glas water voor Max. Hij drinkt. Het is half zes in de ochtend.

'Ik kan nu toch niet meer slapen.'

Hij staat op. Nora ook.

'Blijf maar liggen.'

'Nee, ik sta ook op, is gezelliger.' In hun badjas gaan ze naar beneden. Het gebeurt niet vaak dat ze beiden eerder op zijn dan hun dochter. De verwarming slaat aan, de zon klimt. Nora maakt koffie en de geur vult de keuken. De droombeelden vervagen.

Het is de dag van de opgraving. Max staart naar de takken die zijn collega afzaagt en die zijn kant op vallen. Hij doet niets. Zijn collega vloekt en schreeuwt. Niets meer doen, denkt Max. Hij kijkt achter zich, alsof daar iemand moet staan die wel schrikt van het schreeuwen van zijn collega, iemand die in zijn plaats opzijspringt. Er zwiept een tak langs zijn hoofd, die maakt een kras op zijn wang.

'Wat doe je nou?' roept zijn collega geschrokken.

'Ik doe niets,' zegt Max.

Jennie zit naast meneer Varta, de familierechercheur in de auto. Hij heeft haar opgehaald van het station.

'Ik vind het fijn dat u meegaat.'

'Zeg maar gewoon Mario.'

'Ze zijn toch niet al begonnen?'

'Je weet dat je niets kunt zien.'

'Ja, dat weet ik, maar ik wil er gewoon bij zijn.' Ooit was ze als enige van de familie niet bij de begrafenis, nu gaat ze als enige van de familie naar de opgraving.

'Hebt u dit vaak meegemaakt?'

'Vaker, ja.'

'En?'

'Het levert vaker geen dan wel antwoorden op.'

'Ik heb gelezen dat je slaapmiddelen zelfs in de botten kunt detecteren, ook na zoveel tijd.'

'Ja, dat kan. Maar evengoed vind je niets ... en dan is dat nog geen bewijs dat ze níét zijn ingenomen.'

Ze zijn de tweede auto op het parkeerterrein. Haar vader ligt vooraan. Er staat al een scherm rondom zijn graf en een witte tent ernaast.

'Ze zijn al begonnen!' roept Jennie.

'Ze zijn niet begonnen,' constateert Mario kalm. Hij knikt naar de kleine graafmachine die werkeloos een eind van het scherm vandaan staat. Mario parkeert, opent het raam en steekt een sigaret op.

'Heb je ook meegemaakt dat er wel antwoorden kwamen, na zoiets?'

'Ook. Ja.'

'Wat?'

'Breuken kun je zien, inkepingen in het bot die op messteken wijzen. Dat soort dingen.'

Jennie stapt uit. Mario volgt.

'Stop hier maar,' zegt hij, tien meter van het graf vandaan.

'Waarom?'

'Dit is dichtbij genoeg.'

'Waarom niet,' had ze hem eerder gevraagd, 'waarom mag ik het niet zien?'

Hij had de standaardtekst afgedraaid: 'Je weet niet van tevoren hoever de kist is vergaan, je weet niet wat je aantreft.'

'En dat mogen vreemden wel zien en ik niet?'

Een man stapt in de graafmachine, Jennie voelt jaloezie. Twee andere gestalten verdwijnen achter de schermen. Alsof je een licentie moet hebben om te mogen zien wat de dood met het menselijk lichaam doet.

'Die mensen mogen mij dus straks wel verslag uitbrengen van wat ze hebben gezien, maar ik mag het niet zelf zien.'

Mario knikt.

Jennie lacht schamper. De bevoegden mogen haar met woorden inlichten, maar niet met beelden. Ze had het nog nagezocht, of er geen mogelijkheid was om mee te kijken. Maar nee.

'Bij exhumatie van een stoffelijk overschot en bij ruiming van graven zijn geen andere personen aanwezig dan degenen die door de beheerder met deze werkzaamheden zijn belast … De regeling kent geen mogelijkheid van ontheffing.' Geen mogelijkheid van ontheffing. Ze kan niet worden ontheven van het verbod op zien. Ze heeft al zoveel niet gezien. Haar fantasie heeft altijd meer ruimte gekregen dan de werkelijkheid. Ze kan wel wat werkelijkheid gebruiken.

Aan de stemmen en de geluiden van de graafmachine hoort Jennie dat er iets omhoogkomt. Vanzelf loopt ze er dichter naartoe. Mario pakt haar bij haar arm.

Gerrit ziet hoe ze zijn botten naar boven halen. De resten van zijn lichaam dat hem ooit zo tot last was. Bij leven had hij zichzelf al haast dood gewaand. Maar nu hij zijn kale opgegraven beenderen ziet, weet hij pas hoe levend hij toen was. Hij kan zijn ogen er niet van afhouden.

Jennie staart naar het plastic oranje scherm. Mario blijft haar arm vastklemmen, zodat ze er niet dichter naartoe kan lopen.

Zo staan ze daar te kijken naar een afgedekte film. Soms verschijnt er een jonge vrouw, dan is ze achter het scherm, dan weer ervoor. Jennie en de vrouw maken oogcontact.

'Wie is dat?'

'Forensisch antropoloog.'

Weer komt de jonge vrouw tevoorschijn, opnieuw hebben ze oogcontact. Nu voelt Jennie geen jaloezie, want het lijkt alsof de vrouw haar juist haar blik gunt, haar zicht met haar wil delen.

De chauffeur van het busje rijdt dichter naar het scherm toe. Geluiden van deuren die openschuiven. Stemmen. Deuren die dichtgaan. De auto rijdt langzaam weg.

'Ligt hij daarin?'

'Hij ligt daarin.'

De auto rijdt de begraafplaats af. Vader is meegenomen. Jennie stapt naar het scherm toe. De jonge vrouw komt haar tegemoet. Ze geeft Jennie een hand. Ze lopen samen naar het graf alsof het zo is afgesproken. Een diep gat, gestut met planken. De scheefgezakte grafsteen van haar vader. Een berg aarde met her en der paarse bloempjes.

Sorry, wil ze tegen hem zeggen.

'Wat was er nog over?' vraagt ze.

De vrouw peilt Jennie, en lijkt te weten dat zij meer aan antwoorden heeft dan aan ontwijkende taal.

'Botten,' zegt ze.

'In de kist?'

'Nee, die was al vergaan.'

'Hoelang duurt dat, voor alles vergaat?'

Mario kucht en zegt: 'Weet je zeker …'

'Hoelang?'

'Zelfs de weke delen zijn soms pas na jaren weg.'

'Weke delen?'

'Ogen, organen, ingewanden, bindweefsel, spierweefsel.'

'Duurt dat zo lang?'

'In de grond dringt weinig zuurstof door, dat vertraagt het ontbindingsproces. Het graf is ook altijd minstens één meter diep, zo'n één meter vijftig, één meter tachtig, zodat er geen dieren bij kunnen.'

‘En dan … rot het langzaam weg?’

‘Nee, dat zou boven de grond zo zijn. Het slinkt en het verdroogt, tot stof, of vergaat … tot er vooral nog botten over zijn.’

Al zijn het algemene feiten, die over elk stoffelijk overschot zouden kunnen gaan, Jennie is er tevreden mee. Alsof iemand voor het eerst gewoon antwoord geeft op haar vraag wie haar vader was. Is. Stof en botten.

Ze geeft de vrouw een hand, ‘Dank je wel’, en loopt dan van het graf vandaan, in de richting waarin haar vader verdween.

Gerrit kijkt tevreden mee met de vreemde ogen die zijn botten bestuderen. Bij leven hield hij van de tandarts. Hij had een sterk gebit, geen complicaties. Hij hield van die aandacht. Hij hield van het geluid van het haakje dat over zijn tanden kraste. Het was zorg, voor een emotieloos deel van hem. Het hulpeloze liggen in die stoel beviel hem ook. Er werd niets van hem verwacht.

Zo wordt hij ook rustig van die blik op zijn botten, die niets hoeven te doen. De vrouw die over zijn gebeente gebogen staat hoeft alleen maar goed te lezen. Zijn lichaam heeft alles al gezegd, vastgelegd, in minuscule sporen. Zijn leven is al gedaan.

Hij wordt kalmer dan hij in twintig jaar is geweest, kalmer dan daarvoor, en hij zwijgt. Hij kijkt eens goed om zich heen in de hemel, ziet wat hij nooit eerder zag en vergeet zichzelf. Een moment. Of is het een dag, een week, een maand? De aardse tijd lost op.

Max staat in de gang te wachten als Jennie aan komt lopen. Op dat moment komt Mario Varta net zijn kantoor uit, zegt hun gedag en nodigt ze uit naar binnen. Jennie had verwacht dat er meer mensen bij zouden zijn, dat het iets officiëlers, belangwekkenders zou hebben. Niet gewoon met z'n tweeën bij Mario op kantoor.

Oom Ed is bij hun moeder. Jennie had dat liever anders gezien, maar hun moeder lijkt hem het beste te verdragen. Volgens de verpleging wordt ze rustig als hij er is. Hij zal blijven tot ze met de uitslagen komen.

Sinds de bekentenis wisselt Jennie met Ed alleen de hoognodige woorden. Ze stelt haar vragen uit tot ze meer feiten weet. De tijd van speculeren is voorbij.

Ze gaat zitten naast haar broer tegenover Mario's bureau.

'Ik begin meteen,' zegt Mario, 'wat we níét hebben gevonden zijn ...'

Jennie voelt de bekende te verwachten teleurstelling al; nergens een antwoord op te zullen krijgen.

'...sporen van gif of slaapmiddelen in het botweefsel.'

'Kun je dat nog vinden na twintig jaar?' vraagt Max.

'Dat kan, kan ook niet,' zegt Mario.

'Dus ... het kan nog steeds ...' zegt Max, 'dat hij gewoon zoals ze toen dachten, met pillen ...?'

'Ik ga even door met wat er wel en niet is gezien,' zegt Mario, 'daarna beantwoord ik vragen.'

'Je vertelt ons wat ze allemaal níét hebben gezien,' zegt Jennie cynisch.

'De zaken die onderzocht zijn conform de opdracht.'

Jennie knikt vermoeid, vermoedt dat dit een weinig opwindend gesprek wordt, maar schrikt al snel op als Mario zegt: 'Wat wel is gevonden zijn drie kleine impressiefracturen, inkepingen in de schedel en een breuk.'

'Inkepingen,' zegt ze, 'kan dat van een val zijn? Kan dat als je van een trap valt, of geduwd wordt?'

'Bij een val, op iets scherps bijvoorbeeld, zou er eerder één inkeping worden gevonden, geen drie. Dit kan wijzen op toegebracht letsel.' Hij pauzeert even, niet om het spannend te maken, maar om hun de tijd te gunnen alles goed in zich op te kunnen nemen. 'En er zijn microsporen van groen glas gevonden in de inkepingen in het botweefsel, wat erop duidt dat het bot met een glazen voorwerp in contact is gekomen.'

'Groen?' vraagt Jennie. 'Van een bierfles of een wijnfles?'

Mario zwijgt. Hij doet niet aan suggesties.

'Dus hij is doodgeslagen met een glazen voorwerp?' Ze verwacht tegenspraak, er zal wel weer van alles mogelijk zijn.

Maar hij zegt: 'Daar lijkt het op, ja. Een scherp voorwerp, waarschijnlijk.'

Max kijkt nu pas naar zijn zus, die hier haar glorieuze gelijk krijgt. Vader pleegde geen zelfmoord. Hij stelt zich niets voor bij wat de man net heeft uitgelegd, kijkt alleen naar zijn zus, vraagt zich af hoe het voor haar is, nu haar verhaal wint. Hoe het voor haar is dat ze 'doodgeslagen' hardop heeft kunnen zeggen en niemand haar tegenspreekt. Ze ziet er niet gelukkig uit.

Jennie vraagt weer: 'Kan hij echt niet ergens op zijn gevallen?'

'Drie keer?' vraagt de man. Hij zwijgt even. Geeft dan zelf het antwoord: 'Nee, meerdere inkepingen, dat wijst erop dat hij geslagen is.'

'Dan slaat het dus … sowieso nergens op wat mijn oom heeft verteld?'

'Dat strookt niet met de feiten, nee.'

'Maar waarom …' Ze maakt haar vraag niet af, schudt haar hoofd. 'Maar dan hadden ze dat aan hem gezien,' zegt ze. 'Dat zie je toch, als iemands schedel …?' Ze vertrekt haar gezicht en stelt zich iets bloederigs voor.

Max blijft naar zijn zus kijken, bestudeert haar gezicht, alles beter dan naar binnen gaan.

'Naast de inkepingen,' zegt Mario, 'is er ook een breuk gezien in het wandbeen. Gezien de locatie van de breuk kan het heel goed zijn dat bij jullie vader een slagader aan de binnenzijde van de schedel beschadigd is geraakt, door de scherpe botrand van de breuk. Dat kan een inwendige bloeding veroorzaken met nauwelijks bloedverlies aan de buitenzijde. Die slagader wordt ook wel de bromfietsarterie genoemd, omdat hij scheurt bij hoofdletsel dat vroeger vaak optrad bij brommerrijders die zonder helm een ongeluk kregen.'

Max grinnikt: 'Bromfietsarterie.'

Jennie verbaast zich om haar broer, die al zo weinig lacht, maar juist nu grijnst.

Max houdt zich vast aan woorden die hem afleiden, hij wil niet terug naar die nacht.

'En het bloed op de bank, er is toch bloed op de bank gevonden?' vraagt Jennie.

'Ja, maar het blijft waarschijnlijk dat er weinig uitwendig bloedverlies is geweest.'

'Want anders zou het ... zijn opgemerkt?'

Mario zwijgt. Laat de gevolgtrekkingen aan hen.

Jennie zegt ook even niets. Ze wil haar broer de gelegenheid geven zelf vragen te stellen. En ze wil zeker weten dat ze het goed opmerkt: dat haar broer geen vragen heeft.

'Dus dat bloed op de bank heeft er allemaal niets mee te maken?' vraagt Jennie.

'Waarschijnlijk niet, maar het zorgde er wel voor dat het verhaal van jullie oom in twijfel werd getrokken.'

'Die er ook niets mee te maken heeft?'

'Niet zoals hij beweert, in ieder geval. Maar daar zal hij zeker nog over gehoord worden.'

'Drie?' vraagt Max plots, die nauwelijks door lijkt te hebben dat hij dit hardop vroeg.

'Drie inkepingen,' beaamt Mario.

Jennie bestudeert haar broer. De klappen verbazen hem niet, maar het aantal wel?

Het is Max zo lang gelukt de herinnering niet meer op te roepen dat hij bijna geloofde dat hij het echt vergeten was. Maar plotseling, bij dat getal drie, 'drie', dat met vertraging bij hem is aangekomen, realiseert hij zich dat het er in zijn geheugen altijd twee zijn geweest. Twee slagen. En dat de herinnering aan die nacht, al dan niet juist, gewoon voor het oprapen ligt.

Godzijdank is het geheugen gebrekkig, heeft hij altijd gedacht, hoe mooi dat het vanzelf slijt. Het was zo gestaag aan het verweren, hij was zo prachtig op weg naar de totale uitvlakking. Maar nee. De grote terugtocht naar toen is allang begonnen, en er komen elke dag nieuwe details bij. Het verleden wordt steeds completer. Een, twee, drie. Nog even en hij denkt zich alle drie de slagen te herinneren. Ze zitten hier in een tijdmachine en ze maken alsnog een foto van toen, leggen vast wat niet vastlag.

Hij kijkt met weerzin naar de papieren die voor de rechercheur liggen met de feiten waar iedereen zich aan zal vastklampen. De oordelen zullen straks helder lijken. Alles moet hardop, zwart-op-wit. Doodslag. Opzet. Schuld.

Woorden die zijn vrouw zal uitspreken, zijn dochter later, alsof ze erbij waren en het beter weten. Ze weten niets, begrijpen niets. De afstand tussen Max en alle andere mensen wordt allengs groter, onoverbrugbaar.

'Zijn we klaar hier?' vraagt Max.

Hij vertrekt gewoon en laat zijn zus bij de vreemde man achter. Voor hem is dat normaal, zij horen bij elkaar, meer dan hij en zijn zus nu.

Max loopt de lange gang door naar buiten toe, stelt zich voor dat hij terug de tijd in loopt, terug naar twintig minuten geleden, toen hij hier naar binnen liep en zijn vader even dood was als hij nu is.

Er is niets veranderd, zegt hij tegen zichzelf. De feiten zijn niet anders. Die nacht is niet veranderd, alleen staan er nu heel veel meer mensen bij. Steeds drukker wordt het in het donkere huis in de nacht van vaders dood. De lichten gaan aan.

Max klikt zijn auto open en ziet voor zich hoe hij de auto daarstraks dichtklikte. Hij stapt in en ziet hoe hij eerder uitstapte. Hij ontkomt niet aan de omkering van de tijd. Hij blijft hetzelfde pad teruglopen, om uit te komen bij een eerder tijdstip.

Als hij de straat uit rijdt, let hij niet op wat er van rechts komt, want hij weet nog van eerder dat er niets kwam. Je kunt het verleden niet veranderen. Zijn vader stierf omdat hij niet wilde leven, die waarheid kan nooit ongedaan worden gemaakt.

Hij ontsnapt pas aan de omgekeerde tijd als hij een andere afslag moet nemen dan toen hij van zijn werk kwam. Nu moet hij naar huis, dus niet weer over de laan met kastanjes, maar langs het industrieterrein.

Onderweg op de nieuwe route loopt alles weer zoals het gewoonlijk loopt, van toen naar nu, van nu naar straks. Nu is alles weer mogelijk, is de tijd weer een groot en ongewis gevaar.

Hij zet de radio niet aan. Hij heeft geen afleiding nodig. Niet in afleiding geloven is niet in het ongeluk geloven.

Ze kunnen zijn vader dan nog zo graag opnieuw laten sterven, opnieuw weer begraven, het is wel het verhaal van zijn zus en de autoriteiten. Voor hem hoort het bij vroeger. Dat ligt achter hem. Hem maken ze niet gek met dit tijdsgegoochel. Er bestaat geen collectieve herbeleving, hij hoeft hier niet aan mee te doen. Mmmmmmmmmm. Mmmmmmmmmm.

Gerrit hoort plots het zoemen in het hoofd van zijn zoon. Mmmmmmmmmm. Níét denken kan niemand, maar je kunt er een oorverdovend monotoon geneurie voor in de plaats zetten. Mmmmmmmmmm. Mmmmmmmmmm.

Gerrit heeft het idee dat hij iets heeft gemist. Hij heeft niet opgelet de laatste … dag, dagen, weken?

Hij doet nu mee met zijn zoon: Mmmmmmmmmm. Samen klinken ze onafgebroken als een ondoordringbare geluidswal. Alsof ze samen zingen, het enige lied waarvan ze allebei de tekst kennen, die over het grote zwijgen: Mmmmmmmmmm.

Als Max thuis aankomt, staat Jennie hem bij de voordeur op te wachten. Hij weet niet beter dan dat hij haar heeft achtergelaten in de kamer met de rechercheur, voor hem zit ze daar nog. Er is iets mis met de tijd.

Max heeft niet gezien hoe zijn zus hem achterna is gegaan. Hoe ze in een taxi voor het politiebureau is gestapt en de chauffeur om haast heeft verzocht. Hoe ze hem hebben ingehaald.

Jennie ziet hoe erg haar broer het vindt om haar hier te zien. Hij loopt niet voor niets weg. Maar ze laat hem niet meer ontsnappen, nu ze al zover zijn, nu ze mogelijkerwijs al alles heeft gedaan waar je spijt van kunt krijgen. Zonder iets te zeggen opent hij de deur en laat haar binnen, volgt zelf.

Binnen zegt ze: ‘Waarom zegt oom Ed dat hij papa van de trap heeft geduwd?’

Max zet koffie. Hij moet iets doen, bezig blijven, handelen.

‘Als hij papa had vermoord,’ zegt Jennie, ‘dan had hij

gewoon gezegd dat hij hem op z'n kop had geslagen. Maar dat heeft-ie niet gezegd ... want ... hij weet helemaal niet wat er is gebeurd?'

Max wordt moe. Hij voelt heus ook nog wel al dat andere, zoals iets wat verdacht veel op mieren onder je huid lijkt, of eerder een oneindig aantal zaadjes van angst die beloven te groeien, maar het allerliefst zou hij nu slapen.

'Misschien,' zegt Jennie, 'heeft oom Ed er gewoon helemaal niets mee te maken.'

Max denkt aan zijn moeder. Hij sliep bij haar in bed die nacht. Ze keek er niet van op dat hij plotseling in haar kamer stond. Ze sloeg gewoon de dekens opzij en hij kroop erbij. Ze lagen beiden wakker, maar ze spraken nergens over. Zelfs niet: 'Kun je niet slapen?' Geen woord. Daar was hij haar dankbaar voor. Jongens van tien willen niet overal over praten. En zo is het voor hem altijd gebleven. De stilte heeft hem gered.

'Maar waarom verzint hij dat dan?' vraagt Jennie.

Max weet wat zijn moeder zou antwoorden en praat voor haar: 'Hij wil alleen maar helpen, dat kan hij niet laten.'

'Wie heeft het dan gedaan? Mama?'

'Hij was een zwart gat, waar we allemaal in wegzakten.'

Max kijkt naar de koffie die langzaam doorloopt en zegt: 'Hij heeft het zo vaak gezegd, ook tegen mij, dat het beter was als hij er niet meer zou zijn. Híj wilde niet leven. Hoe dan ook, hij heeft het zelf gedaan. Het gaat om de grote lijnen, niet de details.'

'Details? Hij is doodgeslagen, is dat een detail?'

Max zegt niets.

'Heb je nooit gedacht: Hij had beter kunnen worden?'

Hij heeft de fut niet meer om haar uit te lachen, hij zegt gewoon: 'Nee.'

'Je hebt hem gezien, hoe hij vroeger was op die filmpjes ...'

'Die man heb ik niet gekend. Mijn vader lag op de bank.'

'Hij kwam bij de buurvrouw, de dag ervoor nog ...'

'Dat maakt het alleen maar erger,' onderbreekt hij haar, 'hij kon zich een middag lang goed voordoen als iemand daarom vroeg, een vreemde. Maar voor ons, voor mama, voor jou, nooit. Kon zich nog geen uur groothouden.'

'Jij keek op hem neer,' zegt Jennie. Ze zegt het terwijl het tot haar doordringt.

Max schudt meteen van nee. Hij weet zeker dat hij niet iemand is die op mensen neerkijkt. Om op iemand neer te kijken, dat vergt toch een beter gevoel over jezelf?

Nee hoor, zegt Gerrit tegen zijn zoon.

Jennie rilt. Max ziet het niet. Hij let niet meer op haar. Hij schenkt koffie in, alleen voor zichzelf. Ze moet het vragen.

'Heb jij het gedaan?'

Max kijkt niet op van haar vraag.

'Het doet er niet toe,' zegt hij kalm en droevig.

Jennie wou meteen dat ze het niet had gevraagd, want haar maag verkrampt, van wat ze denkt te horen. Ze voelt een stekende pijn.

Max kan zijn moeders gezicht van die nacht nooit helemaal vergeten. Hij wilde en hij wíl er alles aan doen om dat te verdrijven. Mmmmmmmmmm. Hij hoort zijn zus zeggen dat ze even alleen moet zijn. Mmmmmmmmmm. Hij hoort haar nog vragen of Nora zo thuiskomt, of hij niet alleen is.

'Nora komt zo.'

Zijn zus vertrekt.

Haar moeder zit in haar bed, oom Ed zit ernaast en pelt een mandarijntje. Hij ziet er slecht uit, weer magerder. Haar moeder is verrast.

'Wat is er?' vraagt ze meteen.

Jennie wil iets zeggen, maar haar lip trilt.

'Heb je gehuild?'

'Ja,' zegt ze.

'Och meisje, kom 's hier.' Haar moeder slaat naast zich op haar bed. Jennie gaat op het bed zitten, niet naast haar moeder, maar tegenover haar, haar rug tegen het voeteneind.

'Wat is er dan?'

'We hebben vandaag de uitslagen gekregen van het onderzoek van papa, van de forensisch antropoloog.' Jennie staart naar de deken. Ze denkt het nu te snappen. Het moet haar broer zijn geweest, als kind, en hun moeder weet het. Zij heeft hem beschermd. Is dat niet de enige logische conclusie?

Jennie zegt het zachtjes: 'Ze hebben een minuscule glasscherf in zijn schedel gevonden. Hij is dus zo goed als zeker doodgeslagen. En Max heeft min of meer ...'

Johanna rilt en fluistert: ‘Maxi.’

‘Max heeft verteld … Max heeft het verteld,’ zegt Jennie. Meer kan ze niet zeggen. Ze wil het nog niet hardop zeggen.

Ze kijkt haar oom aan. Weer richt haar woede zich op hem, zoveel overzichtelijker.

‘Waarom? Waarom heb jij gezegd … Waarom lieg je?’

Oom Ed herinnert zich de ruzie met Johanna, hoe hij op die nacht alles durfde te zeggen. Dat ze hem moest verlaten, dat ze voor zichzelf en haar kinderen moest zorgen. Hij voelde zich behoorlijk wat, toen hij zich ook eens een keer uitsprak. Daarna is hij domweg in slaap gevallen op zijn matras in de bijkeuken. Hij sliep heerlijk en zijn broer stierf. ’s Ochtends was alles voorbij. Hij stond erbij en hij keek ernaar.

‘Hij heeft het zelf al opgelost,’ was alles wat Johanna tegen hem zei, en ontweek zijn blik.

Ed dacht meteen: Ik geloof er niks van, schrok zo van die gedachte en al zijn consequenties dat hij wegliep en in zijn auto stapte. Eerst reed hij alleen maar weg, toen bleef hij rijden om na te denken en nam de weg terug. Hij moest voor het gezin zorgen, het gezin moest overleven, en dat kon alleen als wat Johanna zei waar was. Toen hij terugkwam en aanbelde, was de arts er al, die hem condoleerde.

'Een glasscherf,' vraagt hij, 'ze hebben een glasscherf gevonden?'

'Ja,' zegt Jennie, die hem nog kwaad aanstaart, 'of nou ja, een microscopisch kleine, groene glassplinter.'

'Van de asbak,' mompelt haar moeder.

Jennie kijkt naar haar moeder.

'Wat zeg je?' vraagt oom Ed.

Jennie herhaalt: 'Van de asbak?'

'Ja,' zegt Johanna, 'je zegt dat het glas van de groene asbak is gevonden.'

'Zei ik dat?'

'Ik vergeet soms dingen na een tijdje, maar niet na drie seconden, ik ben niet achterlijk.'

De groene glazen asbak die daar al die jaren op de salontafel heeft gestaan en die onlangs naar de kringloop is gegaan. Haar oom schuift zijn stoel iets naar achter, van Johanna vandaan.

'Dus Max,' zegt Johanna, ze huilt zacht, 'Max heeft het wel gezien ... Max heeft alles gezien.'

'Gezien?' vraagt Jennie en langzaam begint het haar te dagen. 'Ja,' zegt ze aarzelend, 'Max heeft het gezien', al weet ze nog steeds niet precies wat Max dan heeft gezien.

'Ik wist niet dat hij ...' zegt Johanna, 'ik hoopte zo ... Hij kwam bij me liggen 's nachts en ... Och, Maxi.'

‘Wat heeft Max gezien?’ vraagt oom Ed.

‘Als ik had geweten dat hij daar stond, had ik het niet gedaan.’ Haar moeder heeft geen oog meer voor Jennie of voor Ed. Haar ogen kijken door haar tranen heen in het verleden, ze zien wat haar eerstgeboren kind heeft moeten zien.

Jennie stelt het zich voor, of ze wil of niet. Haar moeder die haar vader doodslaat met een asbak en haar broer die toekijkt. Ze ziet het kind, de jongen die ze kende, die alleen maar heeft willen vergeten.

Gerrit ziet het en wat hij zijn vrouw wil zeggen is: Ik had die eerste klap kunnen ontwijken, maar ik heb het niet gedaan. Vlak voor ik het liet gebeuren zag ik Maxi staan, maar het was al te laat.

Ook de herinnering van Johanna is nu glashelder. Met grote ogen keek Gerrit naar haar op, zag wat ze van plan was. Ze had op een gevecht gehoopt. Op verweer.

Het spijt me, zegt Gerrit.

Jennie kijkt oom Ed aan. De verbijstering op zijn gezicht is echt. Moeder huilt, met een hand voor haar mond. Ze schaamt zich. Jennie wil niet meer op haar bed zitten, voelt weerzin tegen de nabijheid van haar moeder, stapt het bed af. Ze wil geen confrontatie meer, ze wil weg.

In de gang komt haar oom haar achterna: ‘Jennie!’

Ze keert zich om: 'Waarom zei je dat jij ... Waarom?'

Hij fronst, alsof ze een domme vraag stelt.

'Waarom, oom Ed?'

'Het was toch veel beter geweest.' Hij zegt het op een toon van *da's toch logisch.* 'Het was toch veel beter geweest voor iedereen als ik het had gedaan?'

'Had het dan gedaan,' roept Jennie, 'had het dan gedaan, man, lul, als je zo nodig moest helpen! Had het dan zelf opgelost!'

'Het spijt me,' zegt haar oom.

'Wat,' vraagt ze, 'wat spijt je dan precies?'

Hij zoekt het antwoord.

Jennie loopt weg en laat haar oom in gedachten achter in de gang van het verpleeghuis. Wat spijt hem dan precies? Het spijt hem oprecht dat hij niet de schuldige mag zijn, dat hij niet kan helpen.

Met haar vingers volgt Jennie de lijnen van de gebeitelde letters in haar vaders grafsteen. Ze weet geen manieren meer om dichter bij hem te komen.

Ze weet nu hoe hij is gestorven is, maar als ze zich zijn laatste moment probeert voor te stellen, ziet ze haar moeder voor zich. Hij verdwijnt uit het zicht. De ironie ontgaat haar niet dat ze niet eens echt zijn graf kan bezoeken omdat ze er zelf voor heeft gezorgd dat hij eruit is gehaald.

Ze denkt niet aan hem, ze denkt aan haar en waartoe zíj in staat was. Ze wilde alleen maar meer over hém weten. Nu weet ze vooral iets over haar. Haar moeder, die één keer in haar leven haar beheersing lijkt te hebben verloren.

Heeft hij haar zover gedreven? Wil ze dat begrijpen? Wil ze hem zo leren kennen dat ze ook zal denken: Ja natuurlijk, doodslaan die man? Haar vader verdwijnt uit het zicht. Omdat ze niet iemand wil zien die je het liefst dood zou slaan. Omdat ze zich al in haar moeder aan het inleven is.

Ze bedenkt hoe ze zelf is als Peter ziek is, hoe ze hem dan mijdt, hoe slecht ze tegen zieke mensen kan. Stel je voor dat je man tien jaar lang depressief is. Je het je voorstellen is haar gaan begrijpen. Ze wil niet begrijpen. Nog lang niet.

Er is nog geen manier om hiernaar te kijken.

Het wordt donker. De beheerder van de begraafplaats komt de parkeerplaats van het terrein op rijden. Hij zal de poort zo sluiten.

Haar ouderlijk huis is dichtbij, en sinds het onderzoek daar is afgesloten weer toegankelijk voor de familie. Opnieuw in de verkoop, maar nog geen gegadigden.

Ze loopt en haar tas knelt om haar schouders. Ze was van plan geweest meteen na hun afspraak terug naar Groningen te gaan, naar huis. Ze had een halve afspraak met Peter, die nu weer in zijn eigen huis woont, om samen te eten. Ze zou het nog laten weten. Ze heeft hem niet gebeld. Ze wil nog niemand vertellen wat ze heeft gehoord vandaag. Het is van hen. Van haar, haar broer, haar moeder, zelfs van haar oom. En van haar vader. Het is van hen, het is van hun gezin.

Ze zit op de bank zonder kussens.

De bank was de plek die vrijkwam na zijn dood. Toen was dat voor haar goed nieuws. De beste plek om televisie te kijken kwam beschikbaar. Dat zegt haar iets over wie zij was toen ze vijf was, maar weer niets over hem. Wat weet ze echt van hem? Als ze alleen haar eigen herinneringen gelooft, geen verhalen, geen foto's, wat blijft er dan over? Jennie sluit haar ogen. Niets doen. Niets zoeken. Het water kalm laten worden en de beelden naar boven laten drijven.

De laatste herinnering is het liedje dat hij zong over de scharensliep. Jennie kent het hele lied, ze heeft het later opgezocht, maar ze herinnert zich eigenlijk alleen hoe hij het refrein zong.

'Ju ju ju ju ju ju ju ju.' Zijn getuite lippen. Alleen dat stukje kan ze zien, horen. Niets ervoor, niets erna. Met getuite lippen: 'Ju ju ju ju ju ju ju ju.'

Zodra Gerrit door zijn dochter wordt herinnerd, zingt hij mee met zijn vroegere ik: Ju ju ju ju ju ju ju ju.

En verder waadt ze door de beelden van vroeger: moeder, broer, weer moeder, weer broer. Ze laat ze rustig voorbijgaan tot haar vader opduikt.

Hij zit overeind op de bank, zij staat ernaast, zijn hand op haar hoofd en hij zegt: 'Braaf', alsof ze een hond is. Het is een flits, niet langer dan een seconde.

Verder waadt ze: veel taferelen op school, in de tuin, maar ook in de huiskamer en keuken waar haar vader bij moet zijn geweest, daar op de bank, en toch ziet ze hem niet.

En dan, nog verder, verdwijnen haar moeder en haar broer. Ze is alleen in de kamer met haar vader. Hij ligt op de bank en heeft in zijn broek geplast. Ze ziet de natte plek in zijn broek, maar kan zich zijn gezicht niet voor de geest halen. De herinnering vervult haar met plaatsvervangende schaamte, alsof ze zijn gezicht ook niet mág zien. Ze zal zelf zo'n vier jaar oud zijn geweest, allang zindelijk, en het is niet te begrijpen dat haar vader dat niet is.

Eén keer heeft Jennie aan haar moeder gevraagd of haar vader weleens in zijn broek plaste. Kon het kloppen dat ze zich zoiets herinnerde? Haar moeder had het zo resoluut tegengesproken dat Jennie zich schaamde het te hebben gevraagd, alsof zij zulke dingen verzon.

Johanna had haar dochter vast betere vroege herinneringen gegund en gehoopt dat de oude herinneringen overschreven zouden worden door latere, betere. Maar dan moeten die er wel zijn.

Jennie vergeet haar moeder en is alleen met haar geheugen. Alleen zij kan haar eigen vragen beantwoorden.

Weer die natte plek in zijn broek. Kan ze haar vaders gezicht echt niet zien? Gewoon even naar hem opkijken.

Zijn ogen zijn neergeslagen. Heeft hij door dat zij hem ziet, dat ze daar staat?

Ja, zegt Gerrit, ik zie je. Hij beaamt het met tegenzin. Hij weet zelf nog zoveel betere momenten met zijn jongste kind, waarom zijn die haar niet bijgebleven? Alles wat hij voor haar deed toen ze nog jonger was, haar prille geheugen het nog niet kon opslaan, is dat allemaal voor niets geweest?

Waarom niet een herinnering aan die nacht dat ze zo'n jeuk had van de waterpokken? Ze was twee jaar oud, volledig overstuur en dreigde zichzelf kapot te krabben. Alleen als hij haar aaide over de geïrriteerde huid, werd ze stil.

Haar moeder was zo moe. Hij nam zijn dochter naast zich op de bank en aaide haar onafgebroken. Ze viel in slaap. De opkomende jeuk werd steeds net genoeg gesust door zijn strijkende handen. Hij hoefde alleen maar niet te slapen, daar te liggen en nodig te zijn. Een zeldzaam moment waarop het ouderschap hem eenvoudig viel. Maar wat zijn dochter is bijgebleven is dus dit, die man die in zijn broek plaste.

Kunnen herinneringen onrechtvaardig zijn? Dat tergt hem meer dan de doodslag. Hij had zijn best kunnen doen om die eerste klap van zijn vrouw te ontwijken. Dat heeft hij niet gedaan. Niemand die dat mee zal kunnen wegen in een aards oordeel. Ze kunnen de doden niet oproepen als ooggetuigen.

De enige reden dat hij zijn verlangde dood zelf zo lang had uitgesteld, was dat hij ze niet met het beeld van deze man wilde achterlaten. Alsof je net een verkeerde grap hebt gemaakt op een feestje en meteen daarna vertrekt.

Hij had geen hoop op een Lang en Gelukkig Leven, maar wel op een korte opleving, een heel kleine vrolijke finale om zijn dierbaren een keer te laten zien wie hij ook kon zijn en dan vertrekken. Hij had te lang gewacht.

En nu zit zijn dochter daar en denkt aan een vader die in zijn broek plast.

Geef me een paard, roept Gerrit, laat me het hiernamaals uit galopperen en als een ridder terugkeren, laat me eenmaal weer de vader zijn die ik ook was. Laat me een vader zijn zoals kleine meisjes hun vader willen zien, geef me een kans!

De reglementen van het hiernamaals zijn strikt, uitzonderingen zijn niet bekend. Het enige wat ze hem kunnen geven is een droom.

Die nacht slaapt Jennie op de bank zonder kussens en haar vader bezoekt haar in haar droom. Het paard is een pony geworden, hij zit er niet zelf op, het is een kleine pony.

Hij omvat zijn dochter bij haar middel alsof ze weer een kleuter is en tilt haar op de pony. Ze rijdt zelfverzekerd weg en haar vader verdwijnt alweer uit het zicht.

Gerrit protesteert luidkeels: Dit is wel heel mager! Maar zijn mededoden zeggen hem niet te klagen. Er zijn er velen die met minder genoegen moeten nemen of zelfs nog slechter terugkeren. Gerrit wil het niet horen.

Totdat Jennie wakker wordt en zich de droom herinnert. Jennie herhaalt de droom in gedachten, keer op keer, zodat het vluchtige droommoment een solide herinnering wordt.

Gerrit merkt het.

Nog eens laat Jennie zich door haar vader op de kleine pony tillen en nog eens. Alle keren voelt Gerrit het in zijn handen. De kracht, het gemak waarmee hij zijn dochter optilt. Hij helpt haar met de herinnering, tilt haar op. En nog een keer. Hij zwijgt en telt zijn zegeningen. Hij spreekt bijna van geluk.

Jennie kijkt rond in het ontruimde huis. Vanaf de plek waar haar vader hoogstwaarschijnlijk gestorven is. Tegenover de plek waar de salontafel stond, waarop al die jaren, haar hele jeugd lang, het moordwapen heeft gestaan.

Ze stelt zich de asbak voor, ergens in een kringloopwinkel tussen vazen en ander glaswerk. Misschien allang weggegooid toen iemand een beschadiging zag. Weg.

Als de laatste feiten al bij de recherche terechtkomen, zitten ze met een dementerende vrouw, een twijfelachtige bekentenis en een verdwenen moordwapen. Het zal geen gevolgen hebben. Een officier zal van vervolging afzien.

Het is alsof ze jarenlang aan een legpuzzel heeft gewerkt die maar niet afkwam, tot ze erachter kwam dat er stukjes verkeerd lagen. En wat doe je als de puzzel eindelijk af is? Je kijkt er even naar, laat 'm misschien een nacht liggen, maakt 'm kapot en stopt 'm weer terug in de doos.

En nu kan ze naar huis. Er is hier niets meer te doen. Alsof haar hele rol in deze familie is uitgespeeld. Wat overblijft is een groot gevoel van gemis.

Ze belt Peter.

'Was je laat thuis?' vraagt hij.

'Ja,' liegt ze. Ze vertelt niet dat ze nog hier is. Een totaal onnodige leugen. Omdat het haar niet bevalt dat hij zomaar toegang heeft tot haar. Tot wat ze denkt, wie ze is, waar ze is.

Of ze nog wijzer is geworden gisteren?

Pas als je het deelt is het waar.

'Ja,' zegt ze. Ze kan het bij de feiten houden. Die zeggen nog weinig. 'Er zijn minuscule glasscherven in zijn schedelbot gevonden.'

Peter valt stil. Hij verwachtte geen al te spectaculaire antwoorden. 'Dus?'

'Nou ja, dat hebben ze gevonden.'

'En dat betekent ...?'

Moet zij hem dat uitleggen? Dit zijn de feiten.

'Is hij ergens op gevallen ... of geslagen?'

'Dat ... moeten zij dus ... interpreteren,' zegt ze, en dat is geen leugen.

Hij zucht en zegt: 'Er zal wel nooit een helder antwoord komen. Er zal wel weer van alles komen wat alleen maar meer vragen zal oproepen.'

'Ja,' zegt Jennie, 'daar had ik ook al rekening mee gehouden.’ Ze krijgt een wisselgesprek, dat ze normaal zou negeren.

‘Ik word gebeld, de vrouw van mijn broer, die moet ik nemen, ik bel je later.’

Voor Max naar zijn werk gaat die ochtend gaat hij bij zijn moeder langs. Als hij in de ochtenden gaat, weet hij tenminste precies hoe laat hij weer moet vertrekken om op tijd op zijn werk te zijn. Hij hoeft zich nooit af te vragen of hij alweer mag gaan of niet. Dat scheelt weer een gedachte per dag.

Ze zit op haar bed als hij binnenkomt, al wel aangekleed, zelfs met haar schoenen aan, klaar om op te staan. Ze kijkt uit het raam.

'Goeiemorgen, mama,' zegt hij vrolijk.

Ze hoort hem wel, maar ze draait haar gezicht niet naar hem toe.

'Mama?'

'Heb je alles gezien?' vraagt ze.

Max staat verstijfd op de drempel, begrijpt meteen wat ze met die vraag bedoelt, maar kan de stap niet zetten die hij toen ook niet zette. Hij zwijgt.

'Je hebt het gezien,' zegt ze nu. Het is geen vraag meer.

Aarzelend zet hij een paar passen haar kamer in. Zijn

moeder draait haar hoofd verder van hem af. Ze wil hem niet aankijken. Hij wil haar geruststellen, maar hij heeft altijd wel geweten dat daar geen woorden voor zijn.

Het geeft niet?

Hij staat stil, midden in haar kamer. Johanna houdt haar blik afgewend. Ze ziet er moe uit, alsof ze niet heeft geslapen. Hij komt dichter naar haar bed toe en knielt. Ze laat hem gewillig haar schoenen uittrekken. Hij zet ze naast haar bed. Ze trekt haar benen op, hij maakt de dekens los, ze kruipt eronder. Ze draait zich op haar zij, haar rug naar hem toe.

Hij gaat zitten en wacht tot ze in slaap valt, luistert hoe haar ademhaling rustig wordt.

Om tien uur belt een collega van Max zijn vrouw. Of Max thuis is, hij is niet op zijn werk verschenen en hij neemt zijn telefoon niet op.

Nora schrikt, belt zelf haar man, maar krijgt geen gehoor.

Ze wordt bang, denkt meteen aan een ernstig ongeluk en dat ze nu kalm moet blijven. Omdat ze haar emoties al beheerst, vergeet ze dat ze dat ook met haar gedachten zou kunnen doen. Ze belt het verpleeghuis om te vragen hoe laat hij daar is weggegaan, maar krijgt te horen dat hij daar nog is. Ze zijn naar het zwembad, Max en zijn moeder. Het zwembad? Ja, ze houdt erg van zwemmen.

Dit zou haar gerust moeten stellen.

Ze zit met haar telefoon in haar handen en weet niet wat te doen. Geen ongeluk dus. Geen plek des onheils om je naartoe te spoeden. Alleen dit onbegrijpelijke gedrag van degene die haar het meest nabij zou moeten zijn.

Hij heeft weinig gesproken over de uitslagen van gisteren. 'Wat valt er verder over te zeggen?' kon hij alleen nog uitbrengen.

Ze belt zijn zus, die meteen opneemt. Ze stamelt iets over Max, halve zinnen, halve vragen.

'Moet ik naar je toe komen?' vraagt Jennie.

Jennie moet Peter alleen nog even terugbellen om te zeggen dat ze nu niet praten kan. Ze moet naar haar schoonzus, er is iets gaande, ze is geroepen, ze moet erheen.

'Dus je gaat weer terug?'

Ze was even vergeten dat ze niet heeft verteld dat ze hier nog is. 'Ja,' zegt ze, hem verder verliezend in haar onnodige leugens.

'Als je wilt praten,' zegt Peter, 'dan kun je me altijd bellen als je in de trein zit.'

Haastig loopt ze naar het huis van haar broer. Verlangend naar iets, een vervolg. Ze kan naar huis, maar ze wil niet naar huis. Ze wil meer. Iets wat vervult. Iets wat troost. Een nieuwe reden om bij haar familie te zijn.

Haar schoonzus omhelst haar. Ze vergeet heel gemakkelijk dat zij dit eigenlijk nooit doen. Ze houden elkaar lang vast.

De kamer in lopend vertelt Nora dat ze zich zorgen maakt, dat Max nu weer bij zijn moeder is terwijl hij werken moet.

'Max en zijn moeder,' zegt Nora, 'wat is dat?'

Jennie knikt. 'Ben je geschrokken,' vraagt ze, 'van de uitkomsten gisteren?'

Nora haalt haar schouders op. 'Niet echt. Het zegt natuurlijk ook nog zo weinig.'

Jennie zegt niets.

'Hij is die avond ervoor natuurlijk ook al gevallen,' zegt Nora, 'dus hij kan toen ergens op zijn gevallen en misschien heeft dat pas later een interne bloeding veroorzaakt. Dat is toch met die bromfietsader zo?'

Jennie beseft nu dat haar broer net zo weinig aan zijn vrouw heeft verteld als zij aan Peter. Nu deelt zij een geheim met haar broer, haar moeder. Met haar familie. Ze is er onderdeel van. Ze knikt langzaam.

'We zullen het wel nooit precies weten,' zegt Jennie. Het is alsof ze een arm om haar broer heen slaat, hem beschermend tegen de buitenwereld, tegen vragen.

In haar slaap was Johanna gedraaid, haar gezicht naar haar volwassen zoon toe, in haar kamer in het verpleeghuis. In haar dromen was ze thuis met haar man en twee jonge kinderen.

Ze werd wakker in dat vreemde kuuroord, of rusthuis, ze wist zelf niet goed hoe ze het noemen moest, die plek waar ze verzorgd werd omdat dat beter zo was. Die twee woorden had ze zich goed ingeprent: Beter Zo.

Een vertrouwd gezicht keek haar aan, dat ze niet thuis kon brengen. Ze kon steeds moeilijker gezichten onthouden. Dat hoorde bij haar ziekte. Gewoon beleefd blijven en vragen, dan vinden mensen het doorgaans helemaal niet erg als je hun namen vergeet.

Max zag meteen dat ze op een andere dag was wakker geworden dan die waarop ze was ingeslapen, want ze keek hem weer onbevreesd aan.

'Kennen wij elkaar?' vroeg ze beminnelijk. Hij vond het niet erg, want ze leek niet ongelukkig. Niet veel later kwam de verpleger binnen, die haar mee wilde nemen naar het zwembad, en had Max aangeboden het zelf te doen.

Ze lopen gearmd door de gang, terwijl zijn moeder niet weet wie hij is, en dat lijkt hem nu het best haalbare. Als alles terugkomt, komt de schaamte ook terug, kan ze hem niet aankijken.

Pas als ze samen in het water staan, durft Max te geloven dat deze toestand van haar nog even duren zal. Misschien maar een dag, of een ochtend, misschien een uur. Een uur vast wel.

'Ik kan niet goed zwemmen,' zegt ze, 'bij ons thuis zwommen we niet. Maar mijn kinderen moeten het wel leren.'

'U hebt kinderen?'

'Twee.'

'Waar zijn ze nu?'

'Thuis, bij hun vader.'

Ze staan tot hun middel in het water. Johanna hurkt en beweegt haar armen alsof ze zwemt. Max knielt.

'Ik draag je.' Hij legt zijn hand in haar nek. Ze laat haar hoofd naar achter zakken. Hij legt een hand op haar onderrug en tilt haar. Ze drijft. Zachtjes wiegt hij haar heen en weer in het water. Hoe oud denkt ze dat ze is? Ze heeft een jong gezin. Haar man leeft nog. Zodra ze ontwaakt in het nu zal er alleen maar verlies zijn.

Max denkt aan de oude man die zich in het water liet vallen en willoos bleef liggen. Hij laat zijn moeder voorzichtig los. Hij ziet haar ontspannen gezicht met gesloten ogen onder het water verdwijnen. Er is een kort moment vrede. Dan vertrekt haar mond, haar voeten raken de vloer en het slappe lichaam krijgt kracht, verzet zich. Ze komt in rap tempo overeind uit het water, staat, proest. Ze maait met haar armen om zich heen en met onvermoede kracht raakt ze zijn neus. Max vloekt van de pijn, valt en komt weer overeind.

Johanna ziet bloed in het water.

'O god, o god,' roept ze, 'wat gebeurt er?' Ze grijpt met paniekerige handen naar haar lichaam, op zoek naar wonden.

'Het is mijn neus,' zegt Max. Hij houdt zijn hand ervoor, maar het bloed sijpelt tussen zijn vingers.

Ze lijkt het niet te horen, ze wil alleen maar weg, het water uit.

Ze loopt wankel naar de rand van het zwembad. Hij ziet hoe moeizaam ze het water verlaat, de kant op klimt en weer gewicht krijgt. Hoe ze het buiten het verwarmde bad weer koud krijgt. Waarom dat eeuwige willen overleven ondanks alles?

Max blijft staan. Het bloeden stopt. Hij wast zijn handen en zijn gezicht schoon.

Het bloed vermengt zich met het vele water en al snel is er niets meer van te zien.

Met dank aan: mr. drs. Wendy Alberts (strafrechtadvocaat bij Knoester Van der Hut Alberts & Korteling Advocaten), Teddy Busscher (liefde), Reza Gerretsen (arts en forensisch antropoloog van het Nederlands Forensisch Instituut), Thom Keijzer (liefde), Ad van den Kieboom (redactie), Peter Lem (Teamleider Coldcase, Politie Eenheid Amsterdam), Vladimíra Medúzová (research), Michaël Roumen (management), Ercan Turan (plaatsvervangend Teamleider Coldcase, Politie Eenheid Amsterdam).

Geciteerd uit:

'Een vriend is niet, die u aan 't hart wil sluiten', van J.H. Leopold, uit: *Verzamelde verzen. Deel II. Nagelaten poëzie* (ed. A.L. Sötemann en H.T.M. van Vliet), Athenaeum-Polak & Van Gennep, Amsterdam 1990

De vernuftige edelman Don Quichot van La Mancha, van Miguel de Cervantes Saavedra, vertaald door Barber van de Pol, Athenaeum-Polak & Van Gennep, Amsterdam 1998

Esther Gerritsen bij De Geus

Bevoorrecht bewustzijn

Het titelverhaal 'Bevoorrecht bewustzijn' – een term ontleend aan Oliver Sacks – gaat over de mens die aan wat hij niet begrijpt een positieve en hogere betekenis toekent. Zoals de middeleeuwse non Hildegard von Bingen. Zij zag visioenen die haar door God persoonlijk waren toegezonden. Volgens neurologen die haar visioenen bestudeerden leed Hildegard aan migraine: haar visioenen waren hallucinaties. Maar door haar 'bevoorrecht bewustzijn' kreeg haar leven een hogere betekenis.

Tussen Een Persoon

Op de dag van de verhuizing besluit ze dat ze toch niet gaat. Dat ze wil blijven. Dat er niets mag veranderen. Ze sluit haar vriend op zolder op en praat tegen hem. Hij kan niet bewegen. Ze heeft hem dat onmogelijk gemaakt. Hij kan niet praten. Ook dat heeft ze hem onmogelijk gemaakt. Ze wil hem niet beter leren kennen dan ze al doet. Ze wil hem opnieuw zien. Als vreemde. En ze wil niet verder. Ze wil dat het stopt op het hoogtepunt.

Toneel

Esther Gerritsen schreef theaterteksten voor onder meer Het Syndicaat, Toneelgroep Amsterdam, het Gasthuis, Victoria en Keesen&Co. Eerder werden haar stukken voor jongeren, die ze schreef voor Het Syndicaat, uitgegeven door de IT&FB in samenwerking met Het Syndicaat. In *Toneel* zijn opgenomen *Huisvrouw*, *Het geeft niet*, *Een vriendelijk stuk over aardige mensen*, *Monoloog van een paard*, *Hoe komt het kalf bij zijn maat* en *Seks & eten*.

Normale dagen

Lucie is opgevoed door haar grootouders en gaat na een lange tijd terug naar de 'ouderlijke' boerderij omdat grootvader ernstig ziek is. Lucie is een dramaturge met schrijfambities. Ze is net begonnen met haar eerste toneelstuk, dat handelt over een Amerikaanse terrorist. Terwijl ze een poging doet deze onbekende Amerikaan te doorgronden, verdwijnt ze langzaam in de concrete wereld van haar grootouders.

De kleine miezerige god
Dominique is naar Amsterdam verhuisd. Nieuw werk, een nieuw huis, goede voornemens: alle voorwaarden voor een mooie start. Maar Dominique raakt verstrikt in een vriendschap met haar opdringerige onderbuurvrouw en ze belandt in een affaire met de oerlelijke Kris. De kleine miezerige god, door Dominique in het leven geroepen omdat er toch iemand getuige moet zijn van haar leven, kijkt werkeloos toe.

Superduif
Bonnie weet al op heel jonge leeftijd dat ze voorbestemd is om uit te stijgen boven de middelmaat. Op haar elfde springt ze over een tuinhekje, en een aantal seconden blijft ze zweven. Niet veel later ziet ze hoe haar lichaam transformeert tot een gigantische, oerlelijke duif. Ze beseft dat ze nu behoort tot het schaarse gezelschap helden dat onheil kan afwenden en mensen kan behoeden voor ongelukken.

Jij hebt iets leuks over je
Verrassend, ontroerend, vermakelijk en herkenbaar, dat is de manier waarop Esther Gerritsen ons door haar ogen naar de wereld laat kijken. Ze spreekt haar verbazing uit, relativeert en stelt tegelijk haar 'mening' ter discussie.

Jij hebt iets leuks over je is een verzameling van columns uit onder andere *Viva* en *Opzij*, teksten voor de radio, artikelen in literaire tijdschriften en andere stukken.

Dorst
Coco en haar moeder Elisabeth zien elkaar sporadisch en lopen elkaar op een dag bij toeval tegen het lijf. De moeder vertelt tussen neus en lippen door dat ze niet lang meer te leven heeft. Coco voelt zich verantwoordelijk en trekt bij haar moeder in. De zieke Elisabeth verdraagt de aanwezigheid van haar dochter omdat ze weet dat van een moeder begrip en geduld wordt verwacht.

Ik ben vaak heel kort dom; *Veilig leren lezen*
Bundelingen van Gerritsens columns voor de *VPRO Gids*. Ze heeft een opmerkelijke manier van kijken naar het alledaagse, een heldere en scherpe pen en rijke fantasie. De wereld van Esther Gerritsen is dezelfde als die van ieder ander, maar toch geheel anders.

Roxy
De man van Roxy is verongelukt. Hij blijkt te zijn aangereden op de vluchtstrook en is daar naakt in de auto aangetroffen met een vriendin. Haar wereld stort in, maar Roxy houdt zich sterk. Ze wil niet dat haar

dochtertje de dupe wordt en beschermt haar kind tot het uiterste. Ondertussen raast de woede in haar hoofd. Roxy is een vulkaan die op uitbarsten staat.

Broer (Boekenweekgeschenk 2016)
Vlak voordat Olivia een belangrijke aandeelhoudersvergadering moet toespreken, belt haar broer. Zijn been dreigt te worden afgezet. Marcus en Olivia zien elkaar zelden, maar de amputatie raakt Olivia onverwachts, alsof het haar eigen been is dat ze verliest. Ze laat alles uit haar handen vallen in een hopeloze poging haar broer te redden.

De trooster
Geheel tegen de regels van het klooster in wordt een nieuwe gast opgevangen door Jacob, de conciërge. Gaandeweg groeit er een verstandhouding tussen de gelovige conciërge en de gast, die een misdaad op zijn geweten heeft. Jacob verliest zich in de aandacht die hij krijgt en is bereid ver te gaan om de vriendschap te behouden.